Ela Angerer

BIS ICH 21 WAR

Roman | Deuticke

1 2 3 4 5   18 17 16 15 14

ISBN 978-3-552-06254-2

Satz: Eva Kaltenbrunner-Dorfinger, Wien
Druck und Bindung: CPI – Ebner & Spiegel, Ulm
Printed in Germany

FSC
www.fsc.org
MIX
Papier aus verantwortungsvollen Quellen
FSC® C006701

IT'S A SIN.

Pet Shop Boys

1

Dass meine Nase heute auf keinem Foto stört, hat wahrscheinlich mit den Gesprächen zu tun, die unsere Mutter mit mir schon in meiner Kindergartenzeit führte. Der Satz, der mir immer am meisten Angst einjagte:

»Sobald du achtzehn bist, wirst du dir deine Nase operieren lassen.«

»Aber was ist, wenn ich das nicht will, weil ich mich davor fürchte?«

»Nun, dann solltest du auf jeden Fall, sooft du nur kannst, den Nasenrücken mit Daumen und Zeigefinger zusammendrücken. Du bist noch im Wachstum, und wenn du Glück hast, hilft auch das.«

Von diesem Glück erhoffte ich mir viel und presste deshalb über Jahre hinweg meine Nase, wann immer ich mich unbeobachtet fühlte, mit aller Kraft zusammen. Mein Glaubenssatz lautete: Erst wenn es wehtut, wird es wirken. Ich musste dem Schicksal beweisen, wie sehr ich es wollte, und mit aller Kraft zudrücken.

Genau so machte ich es auch mit den Ohren, obwohl davon in den Unterhaltungen mit meiner Mutter nie die Rede war, aber ich hatte in den Gesprächen der Erwachsenen immer wieder von Männern und Frauen gehört, die sich ihre Ohren operativ anlegen lassen mussten, weil sie nicht weiter als Witzfigur durchs Leben gehen wollten. Also leistete ich auch hier ganze Arbeit. Mehrmals am Tag presste ich nach der Nasenbehandlung beide Handflächen so fest ich nur konnte gegen meine Ohren. Mehrmals am Tag tat mir danach der ganze Kopf weh.

Wenn ich an unsere Eltern vor meiner Zeit denke, sehe ich alles in analogen Schwarzweißabzügen, mit harten Kontrasten und gelegentlichen Lichtpunkten. Meine Mutter, die mit ihrer weißen Blumenhaube auf dem Standesamt aussieht wie Liz Taylor. Tatsächlich hatte Liz Taylor, als sie Richard Burton zum ersten Mal heiratete, genau so einen Hut getragen, und meine Mutter hatte diesen Hut, den man sich wie eine seidene Badehaube vorstellen kann, bei der Schneiderin kopieren lassen. Mein Vater im dunklen Anzug mit schmaler Krawatte, so wie es zu dieser Zeit Mode ist. Beide haben auffallend große Nasen, sie könnten Griechen, Römer oder Aserbaidschaner sein. Mein Bruder und meine Schwester werden später genau so große Nasen bekommen, nur nicht so schmal und elegant. Meine wird man im Vergleich dazu einmal als klassisch bezeichnen, was bei dieser Erbmasse an ein Wunder grenzt.

In der Schwarzweiß-Welt gibt es Partys, Ausflüge mit dem Auto, Verwandte, die sich lachend übers Geländer einer Bergstation lehnen.

Erst die Bilder, die ich mir von meiner Geburt mache, sind in wenige gebrochene Farben getaucht, die Wände der Spitalsstation in Senf, die medizinischen Geräte in hellem Grün gehalten. In leichter Unschärfe sehe ich, wie der Arzt meiner Mutter den geputzten und eingewickelten Säugling überreicht, wie meine Mutter einen Schrei loslässt, so erschrocken sei sie gewesen, wie hässlich ich war, wird sie später immer wieder erzählen, und der Arzt, ganz Gentleman, sagt:

»Wenn Sie wollen, gnädige Frau, können Sie mir das Baby zurückgeben, und ich schenke Ihnen stattdessen ein Stofftier.«

Der Kinderwagen ist himmelblau. Mein Vater lacht. »Die sieht aus wie ein Affe. Mit der sollten wir lieber nicht spazieren gehen.«

Mein erstes Bett ist kalkweiß, die Schürze der Frau, die als Haushaltshilfe und Kinderfrau bei uns arbeitet, ist mit zimtfarbenen Kreisen bedruckt. Meine Mutter trägt auf allen Fotos nur Schwarz oder Mitternachtsblau, drei Jahre lang, dann wird sie wieder ihr altes Gewicht haben.

Was es auf den Bildern nicht gibt: das ständige Geschirrklappern in der Küche, das das ganze Haus durchdringt, die halblauten Stimmen der Erwachsenen. Immer wieder hatten sie Geheimnisvolles zu besprechen, das wir nicht hören sollten. Doch wir strengten uns an, um die Vorgänge rund um uns besser verstehen zu können. Andächtig atmeten wir die geflüsterten Satzfetzen ein.

»Bevor die Kinderfrau den Dienst bei uns angetreten hat«, hörte ich meine Mutter sagen, während sie sich im Vorzimmer den Mantel anzog, »ist sie von einem Lastwagenfahrer vergewaltigt worden. Jetzt hat ihr der Hausarzt wegen Depressionen ein Zehnervalium am Tag verschrieben. Sie muss es gleich nach dem Aufstehen nehmen.«

Wenn Erwachsene einsam oder unglücklich sind, ziehen sie sich ganz in sich selbst zurück und betreuen einen wie ein Möbelstück, das entrümpelt werden muss. In überraschenden Momenten kann es allerdings passieren, dass sie sich einem in ihrer Not anvertrauen. Als Kind nimmt man alles, was man an Zuwendung bekommen kann, und hört geduldig zu. Ja, man bemüht sich sogar, mit den richtigen Zwischenfragen und guten Ratschlägen etwas Frohsinn in die schweren Köpfe dieser Menschen zu bringen.

Mir erzählte man von Anfang an viel. Mit fünf wusste ich, dass meine Mutter keine Kinder bekommen hatte wollen, mein Vater dies aber zur Bedingung ihrer Ehe gemacht hatte. Aus vielen einzelnen Bemerkungen webte ich mir eine Vorstellung unserer Wirklichkeit: Meine Mutter hatte meinen Vater aus Langeweile geheiratet, weil sie keine bessere Idee hatte, wie sie ihrem Leben eine Wendung hätte geben können. Innerhalb von drei Jahren kamen drei Säuglinge. Jetzt saß sie fest.

Obwohl es vielversprechende Augenblicke gegeben hatte, Augenblicke mit der Aussicht auf ein Leben in Freiheit, zerknitterte Schwarzweißabzüge aus ihrer Wiener Zeit zeugen davon: meine Mutter, lachend mit Freunden in der Ade-Bar. Meine Mutter, mit Turban und geliehenem Pelzmantel auf der Kärntner Straße. Wahrscheinlich hätte sie auch Hotelmanagerin werden oder nach Amerika gehen können.

Stattdessen läutete mein kleiner Affenkörper das Ende der gebrochenen Farben ein. Wieder ein Spitalsaufenthalt, diesmal mehrere Wochen lang. Bewegungslos lag ich, von den Füßen bis zum Bauchnabel eingegipst, auf weißen Laken.

Irgendetwas stimmte mit meinen Knochen nicht, eine Fehlstellung. Dass etwas in mir falsch war, erstaunte mich nicht. Auf der Krankenstation gab es helle Steinböden und hohe Wände, die bis zur Hälfte in einem öligen Eierschalenton gestrichen waren. Dazu graue Vorhänge und Schwestern in grauer Ordenstracht, die durch lange Gänge schwebten. Manchmal saßen sie wie staubige Vogelwesen an meinem Bett und beteten. Die Luft zwischen allem sah aus wie kalter Rauch.

Einmal in der Woche war Besuchstag. Am Nachmittag kamen die Eltern und setzten sich an die Betten ihrer Kinder. Meine Mutter strich mir mit unruhiger Hand über den Kopf und sagte:

»Weine nicht, sonst muss ich auch weinen.«

Auch der Rest unseres Geredes passte nicht zu den hohen Wänden. Nur die Stille, die hinterher wieder einsetzte, schien wirklich. Streng und mächtig fraß sie sich wie erster Frost durch das weitläufige Areal, erstickte jeden Vogellaut und jedes Geflüster. Sie wirkte wie eine gerechte Strafe für mein ganzes Sein.

Der Gips, in dem mein Körper steckte, musste regelmäßig gewechselt werden. Zweimal schnitt der Arzt beim Aufbrechen der Schale in mein Fleisch. Purpurfarbener Regen fiel durch den leeren Raum.

»Warum zappelt sie auch so viel«, sagte er und ging zum Waschbecken. Mein Blut an seinen Händen floss durch den Ausguss ab.

Der Körperpanzer blieb auch noch dran, nachdem man mich wieder nach Hause geholt hatte. Monatelang saß ich tagsüber auf einem Holzschemel fest und spielte mit meinen Händen.

Die Stille war mit mir mitgekommen. In guten Stunden vergesse ich sie für die Dauer eines Augenblicks, doch sie begleitet mich bis zum heutigen Tag. Es ist eine schattenhafte Stille, die sich zwischen mich und die äußere Welt schiebt und dabei allen Gefühlen ihre Stimme nimmt. Als der Gips endgültig abgenommen wurde, lernte ich mit zwei Jahren Verspätung gehen.

Was man bald versteht: Die meisten Erwachsenen werden von düsteren Gefühlen getrieben, die sich wie schwarze Tinte in ihre Tage mischen.

Eines Nachts wachte ich im Doppelbett neben meiner Mutter auf und sah, dass ihr Kopf in einer großen dunklen Pfütze lag. Immer, wenn mein Vater auf Geschäftsreise war, durfte ich auf seiner Seite des Bettes schlafen. Jetzt lag ich da und betrachtete meine Mutter, die leise vor sich hin wimmerte.

Aus dieser Zeit habe ich keine einzige Fotografie im Kopf, aber anhand der vielen eigenartigen Worte, die sie später mir gegenüber fallenließ, konnte ich mir Folgendes zusammenreimen: Weil mein Vater ständig unterwegs und angeblich auch ein miserabler Liebhaber war, begann sich meine Mutter mit einem verheirateten Mann zu treffen, der in einer Villa auf einem Berg wohnte. Als dieser Mann einmal verreist war, lud dessen Frau meine Mutter in die Villa auf eine Party ein. Was mich schon damals im Alter von fünf Jahren wunderte, war, dass meine Mutter hinging. Wie später noch oft konnte ich in den Handlungen der Erwachsenen keine Logik erkennen.

Oben auf dem Hügel stellte sich heraus, dass meine Mutter neben einem Mann, der an einem Flügel saß und Cole-Porter-Songs spielte, der einzige Gast war. Der Mann war der Liebhaber der Frau auf dem Hügel. Die Gastgeberin, die angeblich seit Jahr und Tag ein Alkohol- und Drogenproblem hatte, reichte meiner Mutter ein großes Glas Rotwein. In dem waren, wie meine Mutter später glaubte, irgendwelche Tabletten drin, denn ihr wurde schlagartig so elend, dass sie ins Badezimmer wankte und dort das dringende Bedürfnis verspürte, mehrere Male hintereinander ihren Kopf gegen das Waschbecken zu schlagen. Dabei brach sie sich selbst die Nase und flüchtete danach mit letzter Kraft über die Terrassentür. Sie stolperte durch den Garten und über den Hügel hinunter zurück in die Stadt. Jetzt lag sie benommen neben mir im Bett und stöhnte.

»Mach dir keine Sorgen«, sagte sie immer wieder.

Das Leintuch unter ihrem Kopf glänzte dunkelrot.

Zu jener Zeit gab es in der Welt meiner Eltern keine Psychologen, sondern nur Psychiater, deren Behandlungen ausschließlich für die Insassen von Irrenanstalten oder Patienten, die bald dort sein würden, reserviert zu sein schienen. Es ist daher schwer zu sagen, wie ich als Kind auf so eine Geschichte reagierte. Vor allem, da es mir später nie wieder erlaubt war, darüber zu sprechen. Man durfte die Erwachsenen nicht an das Dunkle erinnern, so lautete das unausgesprochene Gesetz, sonst bekamen sie schlechte Laune. Dann ignorierten sie einen unter Umständen einen ganzen Tag lang, ja manchmal sogar mehrere Tage hintereinander.

Mit mir hörte man sehr oft zu sprechen auf. Obwohl ich nie genau wusste, warum, so war ich doch überzeugt, für die dicke Luft bei uns zu Hause verantwortlich zu sein. Eine Art Grundschuld schien mich zu umgeben. Ich war, so meine Überzeugung, ein schlechtes Kind, falsch und verlogen. Verlogen deshalb, weil ich die Erwachsenen beobachtete und alles tat, um ihnen zu gefallen. Um gemocht zu werden, sagte ich, was sie hören wollten, und gab das perfekte Mädchen. Ich kann mich nicht erinnern, dass ich je besonders herumtollte oder mich schmutzig machte. Bereitwillig ließ ich mir dunkelblaue Samtkleider, weiße Strumpfhosen und schwarze Lackschuhe anziehen und saß damit artig in Esszimmern, Wohnzimmern und später dann in Salons (die größere und elegantere Version des Wohnzimmers) herum. Das war langweilig, aber ich wusste, dass es sie freute, und ich mochte es, wenn sie mich anlächelten und mit der Hand über meinen Kopf streichelten.

Trotzdem unterliefen mir immer wieder neue Fehler. Fehler, von denen ich nichts wusste, die aber der Auslöser dafür zu sein schienen, dass man mich ignorierte oder unter vorwurfsvollen Blicken nur das Allernötigste mit mir sprach. Dabei saß ich auch an normalen Tagen stundenlang in unserem Spielzimmer oder am Küchentisch und zeichnete bewusst nur die Guten unter den Märchenfiguren. Einmal setzte sich meine Mutter zu mir und malte eine Nonne, der Tränen über das Gesicht liefen.

»Ich wollte eigentlich Künstlerin werden«, sagte sie.

Ich schaute auf das Blatt Papier und war mir insgeheim nicht sicher, ob das eine gute Idee gewesen wäre. Trotzdem war die Nachricht natürlich verstörend. Meine Mutter wäre lieber etwas anderes geworden als unsere Mutter.

In meinem fünfjährigen Kopf ergab das folgende Schlussrechnung: Meine Mutter war unsere Mutter, weil es für sie irgendwie dumm gelaufen war.

Es ist eigenartig, wenn man es mit Erwachsenen zu tun hat, die lieber jemand anderer wären, in einem ganz anderen Leben. Mir sollten solche Leute im Laufe der Zeit noch oft unterkommen. Während man abends noch ein Kuscheltuch zum Einschlafen braucht, denkt man bereits über die vielen Männer und Frauen mit ihren verkehrten Biografien nach und fragt sich, wie man seine eigene Situation einschätzen würde, wenn man die Wahl hätte. Aber noch hat man ja keine.

Meine Mutter benutzte den Partyunfall, um ihre alte Nase loszuwerden. Eines Tages trat sie mit einem riesigen Verband im Gesicht durch unsere Haustür, und als sie ihn nach einiger Zeit abnahm, kam darunter eine kleine Stupsnase zum Vorschein, die aussah wie das Standardmodell meiner Spielzeugpuppen. Wochenlang wartete ich darauf, dass sich ihr Gesicht wieder in das alte, vertraute zurückverwandeln würde. Doch nichts geschah. Mit der Auslöschung ihrer alten Nase ging auch die Auslöschung ihrer bisherigen Persönlichkeit einher. Mehr und mehr wurde diese Frau, die bis dahin immer unglücklich und unzufrieden war, zu einer Art Passepartout, das sich an all die glamourösen Situationen, die in ihrem Leben noch folgen sollten, perfekt anpassen konnte.

Es sollte nicht ihre letzte Operation bleiben. Während ich mit pochendem Herzen zweimal jährlich zur verordneten Knochenuntersuchung auf der Chirurgiestation antreten musste, begann meine Mutter mehr und mehr, sich für ihre Körperoptimierung zu engagieren. In einem Alter, in dem andere Frauen gerade einmal beginnen, richtig erwachsen zu werden, unterzog sie sich einer ersten Gesamtstraffung ihrer Gesichtshaut. Perfektion wirkt auf Fotografien gottgleich und erhaben, in natura hingegen kalt und angsteinflößend. Jetzt glänzten ihre Wangen im Licht wie poliertes Elfenbein, und ihre schwarzen Augen wirkten so starr, dass nichts mehr die Macht hatte, ihren Blick zu trüben.

Mit dem Beginn der Farben in unseren Fotoalben wurden auch die Verhältnisse komplizierter, vor allem die der Frauen. Mit ihnen hatten die Hausärzte alle Hände voll zu tun. Überall, wohin man meine Geschwister und mich mitnahm – es waren dies ausnahmslos Adressen mit großen Gärten und dunklen Limousinen vor der Tür –, befanden sich Hausapotheken, voll mit Schachteln und kleinen verschlossenen Gläsern. Die Pillen darin waren bunt wie Smarties. Ihr fröhliches Aussehen versprach neue und bessere Zusammenhänge. Anhand einzelner Bemerkungen, die wir da und dort aufschnappten, begriffen wir, dass diese Pillen dazu da waren, das Leben der Frauen in diesen Häusern leichter zu machen.

Es war, als würde im Laufe der Zeit die ganze Welt um

uns herum die Buntheit dieser Pillen annehmen. Die Frauen kleideten sich farbiger, die Autos wurden farbiger, die Vorhänge, die Tapeten, ja sogar die Rosenbeete in den Gärten.

Viel später, als das Leuchten immer öfter ungefiltert auf unsere Netzhaut auftraf, stöberten wir als Teenager in den Apartments und Villen heimlich die Hausapotheken durch und entschieden uns jeden Tag für eine neue Farbe. Wir testeten sie so lange, bis wir die richtige Pille für die Verbindung der vielen Gedanken in unseren Köpfen gefunden hatten. Das klappte oft großartig, und manchmal ging es schief.

Doch zuerst: blassblaue Himmel, vanillemilchgelbe Sonnenstrahlen, Kleider in ausgewaschenen Grün-, Pink- und Orangetönen.

Auf mehreren Fotografien sehe ich mich im Badeanzug neben einem blonden Mädchen auf einem Boot stehen, der Badeanzug ist hellrosa und an den Rändern von einem meerblauen Band eingefasst. Neben uns steht eine Frau mit großen Sonnenbrillen, sie lacht gekonnt in die Kamera, ihre blonden Haare verfangen sich im Wind. Meine Eltern haben nie ein Boot besessen. Die Szene auf dem Foto sieht nach Glück aus. Nach dem Glück fremder Leute, bei denen wir zu Gast sind.

Was meinen Tagen zu jener Zeit Kraft verlieh, waren die Glaubenssätze und Prüfungen, mit denen ich sie anfüllte. Es waren dies keine Regeln, die ich mir selbst ausgedacht hatte, sondern Befehle, die mir von meinem Kopf diktiert wurden. Sie waren lange vor mir da und wurden unablässig gesendet, um meine Existenz durch eine höhere Ordnung zu verwalten.

Linker Fuß auf helle Fläche!

Rechter Fuß auf Linie treten!

Kurz nachdem ich endlich zu gehen gelernt hatte, begann sich die Welt unter meinen Füßen in helle und dunkle Flächen und in Linien aufzuteilen. Es ging um Ausgleich und Symmetrie: Wenn der linke Fuß beim Gehen auf etwas Helles stieg, so musste auch der rechte Fuß auf etwas Helles treten, danach konnten beide auf dunklen Flächen gehen. Wenn der linke Fuß auf eine Linie kam, also auf den Zwischenraum zwischen zwei Holzdielen, Steinplatten oder Kacheln, so musste beim nächsten Schritt auch unter meinem rechten Fuß die Linie sein. Alle Linien liefen das jeweilige Bein hinauf. Das Helle machte meinen ganzen Körper leicht, das Dunkle ließ ihn schwer und langsam werden.

Die Herausforderung war, das Zweitakt-Gesetz unter allen Umständen einzuhalten, was den ganzen Tag über zu absurden Bewegungen führte. Ich zappelte an der Hand meiner Mutter über Einkaufsstraßen, tänzelte in den Häusern von Verwandten oder elterlichen Geschäftsfreunden in kleinen Zickzackschritten vom Wohnzimmer zur Toilette. Im Kindergarten musste ich meiner Konzentration zuliebe immer wieder Spiele mit anderen Kindern unterbrechen, denn das Nichteinhalten der Regeln wurde umgehend mit einem unangenehmen Kribbeln, manchmal sogar mit pochenden Schmerzen in der jeweiligen Körperhälfte bestraft. Jedes Mal, wenn ich darauf vergessen hatte, geriet alles aus dem Gleichgewicht.

Sosehr es mich auch belastete – ich konnte mich niemandem anvertrauen. Ich war mir sicher, dass diese Verordnung von höchster Stelle nur an mich erteilt worden war. Andere Menschen würden mein komplexes Harmoniesystem nicht verstehen.

Unser Kindermädchen putzte das Silber. Im Radio sang Heintje; sie sang laut mit. Ich beobachtete sie durch das Netz, das das Gesetz der Ausgewogenheit über mich geworfen hatte.

Mein erstes Geheimnis um das *lex aequilibritas*, dem ich mich über Jahre wie eine Soldatin verpflichtet fühlte, war anstrengend. Das zweite Geheimnis war ein Wunder.

Schon immer tat ich mir schwer beim Einschlafen. Sobald das Licht ausgelöscht wurde, lag ich in meinem Bett und wartete auf das Unvermeidliche. Wenig später fingen sich die Schatten und Umrisse aller Gegenstände im Zimmer zu bewegen an. Kommoden und Schränke blähten sich zu überdimensionaler Größe auf und schrumpften wieder zusammen, so, als würden sie tief ein- und ausatmen. Noch schlimmer war es mit den Dingen, die sich darauf befanden: Vasen, Bücher, Puppen und Bären tanzten, zuerst langsam, dann immer wilder, bis sich alles zu einem Höllenspektakel steigerte. Ich zog die Decke über den Kopf und versuchte, so wenig wie möglich von der bösen Luft einzuatmen. Doch meine Angst schien sie geradezu anzufeuern. Spielsachen und Büchsen fielen hinunter. Sie rollten über den Fußboden, um sich von dort aus noch lauter und gehässiger über mich lustig zu machen.

Jahrelang ging das so, bis eines Nachts das Wunder geschah. Ich lag auf dem Rücken im Bett, die Hände zu Fäusten geballt und eng an meine Hüften gepresst, zwei Koffer und ein Plüschhund setzten gerade zu ersten polternden Tanzschritten an, als plötzlich ganze Ströme von winzigen Farbpunkten durch die schwarze Luft flogen. In Wellen schwebten sie auf mich zu. Gelbe, orange, rosa, grüne und blaue Lichtpunkte, immer in großen Farbgruppen zusammengefasst, umspielten mein Gesicht, um dann im Nichts zu verschwinden. Es war wie eine Sinfonie ohne hörbare Töne, wie ein Wind, der alles reinigt und mit neuer Energie auflädt.

Zuerst glaubte ich, etwas zu sehen, das es gar nicht gab, kniff die Augen zusammen und machte sie wieder auf, überzeugt, dass der Spuk sich wieder gelegt haben würde. Doch die Farbpunkte hüpften in dieser und in allen weiteren Nächten durch die Luft und funkelten mich an. Sie schienen vor lauter Glück und Freude aus sich selbst heraus zu leuchten. In meiner Erinnerung liege ich stundenlang wach und lasse mich davon anstecken.

Zu jener Zeit waren meine Eltern mit vielen anderen Ehepaaren innerhalb ihrer Einkommensklasse befreundet. Man traf sich auf Partys, beim Tennis und im Bridge-Club. Während ich jeden Morgen allein in den Kindergarten ging und mich dort den Rest des Tages abwechselnd fast zu Tode langweilte und der Einhaltung meiner Regeln widmete, schliefen sie mit den jeweiligen Partnern ihrer besten Freundinnen und Freunde. Die Väter, allesamt Geschäftsmänner mit persönlicher Sekretärin, betrachteten es als Kavaliersdelikt, auch einmal bei jeder anderen Ehefrau vorstellig zu werden. Die eigenen Frauen wussten das und ließen sich von ihrer Wut darüber zumindest für wenige Augenblicke in die verbotenen Arme der anderen Männer treiben. Man küsste sich auf abgelegenen Parkplätzen oder fuhr gemeinsam in den Wald. Manchmal, wenn der eigene Mann auf Geschäftsreise war, konnte ein anderer auch einfach ein paar Tennisbälle ausborgen kommen oder dergleichen.

Meine Mutter vertraute sich mir schon früh an, deshalb wusste ich über alles recht gut Bescheid. Einmal rief die Polizei bei uns an, weil die Geldbörse meines Vaters auf einem Getreidefeld außerhalb der Stadt gefunden worden war.

Über Politik oder Kunst wurde nie gesprochen, dafür umso mehr über Sex, Sportwagen, Kreuzfahrten, Uhren und Schmuck.

Man hatte Personal und noch keinen Krebs. Wer etwas auf sich hielt, ließ sich in seinem Garten einen Swimmingpool bauen. So sahen die siebziger Jahre in den jungen, aufstrebenden Haushalten aus.

Auf dem Höhepunkt der blassen Sommerfarben kam es zwischen meinen Eltern zu Wortgefechten. Ich sah, wie mein Vater mit einem Sessel nach meiner Mutter warf. Danach zog er aus dem gemeinsamen Wohnbereich aus und übersiedelte auf den Dachboden.

Das hatte für mich den Vorteil, dass ich mit meinem Vater zum ersten Mal so etwas wie eine Unterhaltung führte. Jedes Mal, wenn er von einer seiner Reisen zurückgekehrt war, durfte ich allein die Treppen zu seiner Kammer hinaufsteigen.

»Weißt du denn schon, wo du später einmal leben möchtest?«, fragte er mich.

»Wo könnte ich denn leben?«

»Überall und nirgends«, sagte er. Dabei lachte er laut auf, so als hätte er einen wirklich komischen Witz gemacht, brach eine dicke Rippe von einer jener übergroßen Schokoladentafeln ab, wie es sie damals nur in der Schweiz zu kaufen gab, und reichte sie mir.

Ich fand es interessant, wie sehr dieser Mensch, der mein Vater war, unter Hochspannung stand. Obwohl diese Begriffe damals noch nicht in meinem Wortschatz vorkamen, speicherte ich seine zuckenden Mundwinkel und seine abrupten Umarmungen unter »leidenschaftlich« und »explizit männlich« ab.

Zwei Stunden später hielt ein schwarzglänzender Cadillac vor unserem Haus. Meine Mutter nahm uns Kinder bei der Hand und schob uns auf die Rückbank des Wagens. Hinter dem Lenkrad saß ein großer Mann in einem Anzug, der sehr nobel aussah. Auch von ihm bekamen wir Schokolade. Er reichte uns goldene, in Zellophan verpackte Schokotaler nach hinten, während meine Mutter vorne mit fahrigen Handbewegungen ihre Frisur zurechtzupfte. Mein Kleid war voll mit schwarzen Tintenflecken, weil ich vorher heimlich an ihrem Schreibtisch gewesen war. Der Mann ließ während der ganzen Zeit den Motor laufen.

Danach kam es in unserem Speisezimmer noch einmal zu einer Szene, in der mein Vater eine Tischlampe nach meiner Mutter warf. Am nächsten Tag zogen wir aus. Das heißt, meine Mutter zog mit meiner Schwester und mir in ein Apartment, das dem Mann mit dem Cadillac gehörte. Meinen Bruder, der nur ein Jahr jünger war als ich und bis dahin mein Spielgefährte und Verbündeter gewesen war, ließ sie bei meinem Vater zurück.

»Ich fürchte, drei kleine Kinder sind ihm zu viel«, erklärte sie uns. »Zwei süße Mädchen kann ein Mann leichter verdauen als einen Buben, der seinem Vater noch dazu wie aus dem Gesicht geschnitten ähnlich sieht.«

Mein Vater nahm einen Posten in London an, und wir sahen uns nur mehr zweimal im Jahr, im Sommer und rund um Weihnachten. Das böse Mädchen, das ich ja nun einmal war, konnte auch diese Hürde nehmen. Als mein Bruder einige Monate später zum ersten Mal vor unserer neuen Haustür abgesetzt wurde und mit einem kleinen braunen Koffer in der Hand hereinkam, spürte ich kurz einen brennenden Stich in der Brust. Gleich darauf ignorierte ich meinen alten Komplizen und sah mit erhobenem Kopf durch ihn hindurch, als wäre er Luft.

»Schau mal, wer da ist«, sagte meine Mutter.

»Aha.«

»Sie war schon immer so herzlos«, hörte ich sie zu meiner Schwester sagen, während ich mich umdrehte und zurück in mein Zimmer ging.

Am Nachmittag saßen meine Geschwister und ich mit meiner Mutter in zwei Sesselreihen vor unserem ersten Farbfernsehgerät. Es war erst vor wenigen Tagen geliefert worden. Der Film, der gerade lief, war trotzdem in Schwarzweiß. Die junge Nadja Tiller gab eine schöne Frau ohne Skrupel in der Hauptrolle. Während ich ihr kaltes Gesicht beobachtete, drehte sie sich meine Mutter kurz zu mir um und sagte:

»Genau wie du.«

Der Cadillacfahrer war der Mann aus der Villa auf dem Hügel. Weil es ihr Elternhaus war, wohnte dort jetzt nur mehr seine geschiedene Frau. Wir hingegen übersiedelten nach dem Neuanfang im Apartment noch mehrere Male. Die letzte Volksschulklasse besuchte ich in einer Kleinstadt namens Fretting, wo wir in einem hässlichen Einfamilienhaus mit Garten wohnten.

»Diese Adresse entspricht nicht unserem Standard, aber bis auf weiteres haben wir keine andere Möglichkeit«, sagte meine Mutter.

Der Cadillacfahrer war zwar sehr reich, hatte aber, was die Finanzen betraf, großen Streit mit seiner Exfrau.

Es gibt eine Fotografie von mir, auf der ich durch den Garten unseres neuen Hauses laufe. Man sieht meinen kleinen Mädchenkörper von der Seite, ich trage einen dunkelblauen Faltenrock und einen dunkelblauen Pullunder mit weißer Bluse. Damals lebte ich noch mit den anderen, die man meine Familie nannte, in einem der zahlreichen Gebäude, die man abwechselnd als unser Zuhause bezeichnete. Es scheint Frühherbst zu sein, denn auf dem Bild sind das Gras und die Blätter von einer übertriebenen Fülle, ein letzter Auftritt, für den die Natur noch einmal alles gibt. Nur das etwas dunklere Grün der Blätter deutet an, dass bereits alles seinem Ende entgegengeht. Die Vorbereitung auf die lange Kälte ist in vollem Gange. Das Bezeichnendste auf dem Bild ist mein Kopf im Profil: Ich trage einen Haarreifen, und während ich fröhlich lache, schaut meine Nase so klein aus, dass man ohne Beschönigung von einer Stupsnase sprechen kann. Dies war der erste Beweis, dass die ängstlichen Druck- und Quetschübungen meiner Hände gewirkt hatten. Der Vorgang schien meine Nase eingeschüchtert zu haben und ihr Wachstum zu bändigen.

Tatsächlich sah meine Nase nie wieder so niedlich aus wie auf diesem Bild.

Meine Mutter und ihr neuer Mann verreisten oft. Wir bekamen neue Kindermädchen. Zuerst ein ganz tolles, die gemütliche Bernadette aus der Steiermark, danach eine giftblonde Schlampe, Anita aus dem Loserwald. Manchmal, wenn wir in der Früh in ihr Zimmer kamen, versteckte sich ein nackter Mann unter ihrem Bett. Anita war es auch, die uns beibrachte, dass man jedes Mal, bevor man aus dem Haus ging, eine frische Unterhose anziehen muss:

»Damit es nicht peinlich ist, wenn man einen Unfall hat.«

Auf den Fotografien aus jener Zeit sieht man meine Schwester und mich in Abendkleidern mit weißen Spitzenkrägen, wir sitzen auf düsteren Perserteppichen und packen Weihnachtsgeschenke aus. Im Hintergrund der Cadillacfahrer und meine Mutter auf einem Biedermeiersofa, sie halten Champagnergläser in die Kamera.

Auf Flohmärkten und beim Altwarentrödler stößt man bis heute auf Tausende Fotos dieser Art: mehrere festlich zurechtgeputzte Familienmitglieder, die angespannt in eine Kameralinse lächeln. Aber die Qualen, welche man mit etwas Fantasie auf diesen Bildern erahnen kann, waren in Wirklichkeit noch viel größer – wer heute in den Kartons wühlt, kann sich nach einem Blick auf eine der vielen Momentaufnahmen abwenden; damals musste man mehrere Stunden mit sinnlosen Gesprächen, unterschwelligen Beleidigungen und schlechten Mayonnaisesalaten hinter sich bringen, bevor so ein Geburtstag, Weihnachtsabend oder Silvesterumtrunk zu Ende war. Wobei, Mayonnaisesalate gab es nur noch bei meinen Großeltern und Tanten, also den ärmeren Verwandten. Bei uns zu Hause wurde bei solchen Anlässen ab sofort nur mehr echter Champagner, Beluga-Kaviar und Gänseleberpastete serviert.

Jeden Sonntagmittag fuhren wir in dasselbe Restaurant, wo ich immer die gleichen drei Gänge bestellte: Crevettencocktail, Wiener Schnitzel und Coupe Dänemark. Wie alle Kinder mochte ich die Verlässlichkeit des ewig Gleichen. Das Menü meiner Kindheit bestand aus kleinen Tierkörpern, die in rosa Soße mit Ketchup getaucht waren, einem goldgelb verpackten Stück Fleisch und Vanilleeis, über das eine doppelte Portion heißer Schokolade lief. Dieses Sonntagsessen entschädigte mich für die Gerichte, die von unserer Mutter – sofern sie und der Cadillacfahrer anwesend waren – unter der Woche serviert wurden: Nieren, Leber, Zunge, Hirn mit Ei. Der neue Mann an ihrer Seite war Franzose und musste bei Laune gehalten werden. Wenn ich die gummiartigen Nieren oder das glibbernde Hirn auf den Teller spuckte, befahl er mir, aufzustehen und auf mein Zimmer zu gehen.

Ansonsten wurde mit uns bei Tisch nicht gesprochen. Wenn der Cadillacfahrer etwas über mich oder meine Schwester wissen wollte, wandte er sich beim Abendessen an meine Mutter.

»Aben die Kinder irre Ausaufgaben gemacht?«, fragte er mit starkem Akzent.

»Ja« antwortete sie ihm, nachdem sie zu uns hinübergesehen und wir genickt hatten. Danach stocherten meine Schwester und ich am gegenüberliegenden Tischende weiter in unseren Tellern.

Essen war ein wichtiges Thema. Überall konnte ich zu jener Zeit beobachten, wie aufstiegsbereite bürgerliche Ehefrauen all ihren Ehrgeiz darauf verwendeten, ihre Männer einzukochen. Einmal im übertragenen Sinn, indem sie jeden Abend wie aus dem Journal gekleidet auf ihre bessere Hälfte warteten. Und einmal wortwörtlich, indem sie alles boten, was vier Herdflammen und ein Backrohr hergaben.

Meine Mutter, der die plötzliche Verarmung ihrer Familie seit Kindertagen in den Knochen saß, nahm ihren Job besonders ernst. Sie ließ sich aus Frankreich sechs in Leder gebundene Rezeptbücher kommen und kochte sich probeweise von der ersten bis zur letzten Seite durch. Dabei trug sie den ganzen Tag Lockenwickler unter einem dicken Tuch, damit die Haare den Küchengeruch nicht annahmen. Abends stand sie mit großen frisierten Wellen voller Haarspray in Seidenkleid, Nylonstrümpfen und hohen Schuhen in der Tür und empfing ihren Versorger. Dazu trug sie täglich anderen Schmuck. Ich war jetzt acht Jahre alt und wusste, dass Weißgold gerade sehr in Mode war. Manchmal, wenn ich meine

Mutter heimlich beobachtete, kam sie mir vor wie eines der glänzenden Rassepferde aus meinen Tierbüchern.

Jeder Aufstieg bedingt das Wegstecken von Niederlagen: Einmal kam der neue Schwiegervater unserer Mutter aus Paris angereist. Meine Schwester und ich durften kein Wort an sie richten, während sie den ganzen Tag in der Küche hantierte. Abends mussten wir wie zwei steife Puppen bei Tisch sitzen. Es gab sechs Gänge, und nachdem der alte übelriechende Mann den letzten Bissen verdrückt hatte, legte er langsam das Besteck zur Seite und seufzte.

»Votre cuisine est très simple, mais bonne.«

Ich hatte einen immer wiederkehrenden Traum: Dass meine Eltern gar nicht meine eigentlichen Eltern sind. Dass irgendwo da draußen meine wirklichen Verwandten leben, Menschen, in deren Nähe ich mich weniger fremd und falsch fühle. Hätte ich damals schon den Film *Das Leben ist ein langer ruhiger Fluss* gekannt, wäre ich wahrscheinlich noch viel länger überzeugt gewesen, wie die Kinder im Film vertauscht worden zu sein. Heimlich hoffte ich monatelang auf einen Anruf oder auf ein per Post zugeschicktes Dokument, das alles ans Licht bringen würde.

Die Treppen des neuen Hauses, in dem wir jetzt wohnten, bestanden aus Marmorplatten und waren so hart und glatt, dass man darauf in einem Wäschetrog sitzend mit enormer Geschwindigkeit die Stockwerke hinunterrutschen konnte. Nach der Schule wurde das unser wichtigstes Spiel. Stundenlang sauste ich mit meiner Schwester um die Wette. Wer am schnellsten unten war, hatte gewonnen. Und es gab Rainer, den elfjährigen Nachbarsjungen. Er lebte allein mit seiner kettenrauchenden Mutter in einer winzigen Parterrewohnung im Nebenhaus. Sie verdiente sich ihr Geld als Schichtarbeiterin in einer Textilfabrik am Stadtrand. Da sie angeblich auch die ganze Schwangerschaft hindurch Kette geraucht hatte, war Rainer sehr zart und klein, was ihn eher mädchenhaft und in meinen Augen ziemlich süß aussehen ließ.

Am interessantesten war, dass sein Leben nach ganz anderen Regeln funktionierte als meines. Er hatte kein Kindermädchen, ja, es gab bei ihm zu Hause noch nicht einmal eine Putzfrau. Seine Mutter war entweder nicht da oder hundemüde, weshalb er tun und lassen konnte, was er wollte. Er rauchte gestohlene Zigaretten und schwänzte die Schule, wann immer er dazu Lust hatte. Er hatte nie Geld, aber das war ihm egal. Er brachte mir bei, wie man freihändig Fahrrad fährt. Und er ließ sich von mir zum Tempelhüpfen auf dem Gehsteig einteilen. Stundenlang hüpften wir auf einem Bein bis zu der Stelle, die unser Himmel war.

Wenn der Gärtner seine Arbeit bei uns verrichtete, lehnte Rainer lässig am Zaun und lächelte spöttisch hinüber. Dafür liebte ich ihn, und so wollte ich ihn in Erinnerung behalten. Auf dem allerersten Foto, das ich selbst gemacht habe, steht Rainer vor einer Birke in unserer Auffahrt und lacht in die Kamera. Das Bild ist unscharf, seine dünnen, blonden Haare fliegen im Wind und gehen dabei fließend in die Blätter über.

Während ich meine ersten Bilder zum Entwickeln brachte und der Gärtner unsere Pflanzen in Schuss hielt, kamen zu den bestehenden Gesetzen in meinem Inneren neue, schärfere dazu. Weil ich selbst nicht wusste, was ich von den Befehlen halten sollte, hielt ich das System in meinem Kopf auch vor Rainer geheim.

Wann immer ich meinen Schulweg ging oder mit dem Fahrrad in der Gegend herumfuhr, fragte mich eine strenge Stimme:

»Liebst du deine Mutter?«

»Natürlich liebe ich meine Mutter, so wie es meine oberste Pflicht ist«, antwortete ich.

»Wie sehr?«, fragte die Stimme weiter. »Liebst du deine Mutter so sehr, dass du, um ihr Leben zu retten, diese schmutzige Straße bis zur nächsten Kurve abschlecken würdest?«

Mich ekelte bei der Vorstellung bis zum Erbrechen. Aber ja, ich würde das Opfer bringen, selbst wenn es mich todkrank machen würde. So sehr musste man als Kind seine Mutter lieben.

»Aber liebst du deine Mutter auch genug, dass du einen großen Löffel von diesem Hundehaufen essen würdest?«

Vor mir lag eine Ansammlung von Exkrementen. Die Vorstellung, so etwas Widerliches tun zu müssen, trieb mir die Tränen in die Augen.

»Muss das denn wirklich sein?«

»So wenig hat deine Mutter von dir?!«

Ich haderte mit mir, wusste aber, dass ich es tun müsste, weil meine Liebe sonst in Wirklichkeit nichts wert wäre. Minutenlang stand ich da und starrte auf das braune, stinkende Etwas. Ich schaffte es nie auf Anhieb, aber irgendwann gab ich mich kleinlaut geschlagen. Sollte es notwendig sein, wäre ich bereit, auch dieses Opfer zu bringen.

Ich mochte die Waschtrog-Rennen mit meiner Schwester oder das Tempelhüpfen mit Rainer. Aber mit der Zeit nahmen die Verhöre so viel Platz in meinem Kopf ein, dass ich mich nach der Schule nur mehr erschöpft aufs Bett fallen ließ.

»Spricht Ihre Tochter immer so wenig?«, hörte ich draußen im Flur eine Bekannte meine Mutter fragen.

»Da müssen Sie sich keine Sorgen machen, das ist einfach ihr Temperament.«

Währenddessen lag ich auf meinem Bett herum und rätselte über ein neues Wunder. Ich schloss die Augen, doch es wurde nicht mehr dunkel. Stattdessen sah ich ein großes weißes Licht, das so stark war, dass ich es für Jesus hielt. Tatsächlich hatte der helle leuchtende Fleck ganz deutlich die Konturen eines Jesus-Kopfes, so wie man ihn von den typischen Heiligenbildern kennt.

Offensichtlich wollte mir Jesus etwas sagen, sonst hätte er sich wohl nicht die Mühe gemacht, in meinem Kopf zu erscheinen. Ich wusste nur nicht, was. War ich etwa so schlecht, dass er mich ermahnen musste, einen besseren Weg einzuschlagen? Oder war ich zu etwas Höherem bestimmt und sollte aufhören, mich um Banalitäten wie das Schreiben von Hausaufgaben oder das Tempelhüpfen mit Rainer zu kümmern?

Ich hielt beides für möglich.

Meine Mutter kehrte glücklich von ihren Paris-Reisen zurück; ich hielt mich abwechselnd für verdammt oder auserwählt. Und während sie ihre Koffer auspackte und stolz die vielen neuen Kleider, die sie mit dem Cadillacfahrer ausgesucht hatte, auf Bügel hängte (er kaufte ihr zweimal im Jahr die gesamte Kollektion von Yves Saint Laurent), musste ich dem leuchtenden Jesus in meinem Kopf erklären, dass jetzt der falsche Moment wäre, um hier an Ort und Stelle Botschaften in die Welt hinauszutragen.

Mit meinen neuen Lichtbildern fing, nach dem Gesetz der Gleichheit und dem Gesetz des Mutteropfers, das dritte Gesetz an. Ich nannte es den Beweis meines Glaubens.

»Wie sehr liebst du Jesus?«, fragte mich die strenge Stimme eines Tages nach der üblichen Diskussion über das Mutteropfer. »Liebst du Jesus so sehr, dass du für ihn Hundepisse trinken würdest? Und wie sehr liebst du die heilige Muttergottes, Maria?«

Wieder quälte mich die Stimme in meinem Kopf mit den grausamsten Opfervorschlägen. Das Essen von Fäkalien war immer dabei, manchmal ging es noch weiter.

»Aber würdest du dir auch einen Finger abhacken lassen oder zwei?«

»Muss ich denn ein so großes Opfer bringen?«

»Ja, liebst du denn Jesus so wenig?! Die Muttergottes?! Deine eigene Mutter?!«

Ich wollte den Beweis nicht antreten müssen, rechnete aber immer damit. Während meine Erzeugerin in Biarritz, London oder auf Hawaii Bridge spielte und das Kindermädchen unsere Wäsche bügelte, betete ich auf Knien in meinem Zimmer, dass es nie so weit kommen würde.

Immer wieder fragen mich Leute, warum ich keine Tiere mag. Dabei ist es gar nicht so, dass ich den zahllosen Hunden, Katzen, Hasen und Meerschweinchen gegenüber, die dieselbe Stadt wie ich bevölkern, Abscheu empfinde. In mir regt sich bloß nicht das geringste Bedürfnis, diese hechelnden Fellknäuel an mich zu drücken und mit meinen Küssen zu bedecken. Weil es für mich Wesen von einem anderen Planeten sind, bleibe ich lieber auf Distanz.

Tatsächlich gibt es keinen Schnappschuss, auf dem ich mit einem Setter um die Wette laufe oder eine dreischeckige Landkatze knuddle, jene üblichen Dokumente des Glücks, die man in den Fotoalben anderer Leute ständig zu sehen bekommt.

Dabei war meine erste große Liebe kein Mensch, sondern eben ein Tier: ein gelber Kanarienvogel, den ich mir mit sieben Jahren hatte wünschen dürfen, etwas hilflos wurde er bei seiner Ankunft von meiner Schwester und mir auf den Namen Fipsi getauft.

Auf Fotos ist er leider nie zu sehen, weil er sich immer zu schnell bewegte. Aber der zitronenfarbene Vogel passte perfekt in die damalige Zeit: Die Welt leuchtete in Gelb-, Orange- und Grüntönen, alle dunklen Pigmente sind darin von der Sonne ausgebleicht, so wie auch unsere blonden Kinderhaare oder die tizianroten Friseurhaare der erwachsenen Frauen. Überall gab es gemusterte Teppiche, die Vorhänge waren farngrün oder milchkaffeebraun, die Kleider kurz und leicht, die Autos glänzten im Licht.

In meiner Erinnerung sieht alles wie eine Filmszene früh am Morgen unter den ersten Sonnenstrahlen aus. Überall trifft man auf Menschen, aber wenn man genau hinhört, fehlt ihnen bereits mitten in diesem ersten vielversprechenden Take der Text.

Wie anders hingegen mein Vogel: Abwechselnd saß er auf meiner Schulter oder auf den in Lockenwickler eingedrehten Haaren meiner Mutter und ließ sich spazieren führen. Theatralisch flog er von einem zum anderen, verdrehte seinen Kopf und gab die komischsten Geräusche von sich. Je lauter wir waren, desto lauter wurde auch er, wie um mit uns mithalten zu können. So brachte er sich in jede Unterhaltung und in alle Aktivitäten ein.

An Festtagen wurde Champagner ausgeschenkt. Er saß auf dem Glasrand und nippte mit seinem Schnabel zwischen den aufsteigenden Luftblasen, gab immer lustigere Kommentare von sich, bis wir ihn irgendwann schief in einem Bilderrahmen hängend oder leise schnarchend in einer Zimmerecke auf dem Teppich fanden. In manchen Nächten schlief er seinen Rausch auch direkt unter dem Weihnachtsbaum zwischen den ganzen ausgepackten Geschenken aus.

Er war wild und zärtlich zugleich: Am nächsten Tag saß er stundenlang ganz nah bei meinem Hals und küsste und streichelte mich ganz vorsichtig mit seinem Schnabel. Ich konnte ihm alles erzählen. Seine gurrenden Antworten klangen beruhigend und so, als ob er alles verstehen würde.

Der Kanarienvogel war in dieser Zeit auch so etwas wie meine verlässlichste Bezugsperson. Während meine Mutter und der Cadillacfahrer auf Reisen waren, unsere Kindermädchen wechselten und auch sonst immer wieder andere Leute auf uns aufpassten, sah er mich mit seinen weisen, reptilienartigen Augen an und unterhielt sich mit mir.

Die Möglichkeit, dass sich das irgendwann ändern könnte, fehlte in meiner Vorstellung vollkommen. Doch dann, eines Tages, kam ich von meinen Hausaufgaben in meinem Zimmer hinunter und sah die Nachbarskatze sehr erregt mit zwei gelben Federn im Maul bei unserer Küchentür hereinschleichen.

Im nächsten Augenblick schoben sich Rauchwolken zwischen mich und die Küche, zwischen meinen Kopf und alles Lebendige. Von weitem hörte ich unsere Haushälterin sagen:

»Schau, das ist eben der Lauf der Dinge.«

Die Katze war schwarzweiß, der Garten vor der Küche kühl, weil nordseitig. Soweit es möglich war, habe ich seither nie wieder ein Tier berührt.

Das Schlimmste als Kind ist der Umstand, dass man immer mit seinen Eltern mitgehen muss. Wie ein Koffer wird man von Ort zu Ort geschleppt oder an Verwandte verschickt, ein Veto-Recht gibt es nicht. So erging es jetzt auch Rainer. Seine Mutter hatte plötzlich einen Freund in Deutschland, wie er mir eines Tages erzählte, der ebenfalls Kettenraucher war. Noch in derselben Woche musste er seine Sachen in eine Kartonkiste packen und reiste ab nach Darmstadt. Ich kann nicht sagen, ob ich traurig war, aber ich fand sein Verschwinden auf jeden Fall ziemlich unpraktisch. Meine Mitschülerinnen waren im Vergleich zu ihm und seiner freien Welt beschränkt und langweilig.

Ich steckte das erste und einzige Foto von ihm, das ich besaß, in mein Etui für die Schreibstifte.

Nachdem Rainer weggezogen war, hielt ich Ausschau nach einer neuen Gegenwelt. Instinktiv wusste ich, dass ich eine zweite Heimat brauchte, um von unserem Familienleben nicht aufgefressen zu werden. Ich kam auf die Religion.

Meine Eltern und mein Stiefvater glaubten an nichts, und so fasste ich einen wahrhaft revolutionären Entschluss: Ich fing an, jeden Sonntag auf eigene Faust die Messe in der nächstgelegenen Kirche zu besuchen. Dort stand ich mit meinen acht Jahren, sang, sprach die Gebete und reichte an einem bestimmten Punkt allen Umstehenden die Hand und wiederholte: »Friede sei mit dir.«

Sich mit fremden Menschen zu verbrüdern, anderen grundlos und mit offen zur Schau getragener Herzlichkeit Gutes wünschen – so eine Haltung wäre bei uns zu Hause undenkbar gewesen. Was bei uns zählte, zumindest unter Erwachsenen, war entweder reich oder *sophisticated* zu sein, wie sich meine Mutter ausdrückte, am besten beides.

Natürlich gehörte ich nicht zu den braven, anständigen Kirchgängern, dazu war mein Leben zu falsch und zu anders. Hinter meiner Fassade war ich das böse Mädchen mit einer Grundschuld von Anfang an. Aber es tat gut, für eine Stunde mitzuspielen und die Harmonie dieser fremden Gemeinschaft zu genießen.

Das Ende zwischen mir und der Kirchengemeinschaft hatte mehrere Gründe. Ich wurde über den Friedens-Handshake hinaus nicht wirklich warm mit den Leuten. Und es ging mir auf die Nerven, zu Hause dafür ausgelacht zu werden. An den Sonntagen, an denen meine Mutter nicht verreist war, verhielt sie sich mir gegenüber so, als müsste sie mit einer Irren unter einem Dach leben.

Aus dieser Zeit gibt es wenig Bilder. Spärliche Erinnerungen an Geburtstagsfeierlichkeiten und Weihnachtsessen. Das dabei verwendete Geschirr ist mit rosa Rosenmuster verziert und steht auf einem jagdgrünen Tischtuch. Manchmal haben meine kleine Schwester und ich eigenartige Frisuren mit großen Locken. Weil sie uns so schöner fand, hatte meine Mutter unsere Haare vorher mit Lockenwicklern eingedreht.

Alle Fotografien haben ab jetzt einen glatten weißen Rand.

Meine Mutter hörte im Wohnzimmer The Platters und Adriano Celentano. Mir gefielen am besten die Songs *Only You* und *Salutation*. Solange der Cadillacfahrer nicht zu Hause war, durfte ich sie so oft und so laut spielen, wie ich wollte.

Neben all meinen bisherigen Geheimnissen gab es jetzt noch ein neues, ganz unglaubliches. Instinktiv spürte ich, dass ich die Sache besser für mich behalten sollte. Die ganze Welt würde aus dem Staunen nicht mehr herauskommen, dessen war ich mir sicher; dabei wäre sie genauso begeistert von meiner Entdeckung wie ich, wenn sie nur endlich davon wüsste.

Weil ich etwas so Fantastisches entdeckt hatte, ging ich triumphierend an Kindern und Erwachsenen vorbei. Es gab natürlich noch kein Wort dafür, weil es ja meine Erfindung war. Am liebsten verwendete ich dafür damals meine Füllfeder. Dass sie so kalt war, fand ich aufregend. Ich machte es zu

Hause, im Auto, in der Schule, ohne, dass irgendjemand etwas bemerkte.

Erst Jahre später sah ich das größte all meiner privaten Wunder in einem neuen Licht: Ich erfuhr, dass auch andere mit der Sache vertraut waren. Sie nannten es Selbstbefriedigung.

Kurz nach meiner Erfindung begannen die großen Sommerferien, und meine Mutter und mein Stiefvater schickten mich zum ersten Mal nach Frankreich. Fünf Wochen lang sollte ich mit der Familie eines Geschäftsfreundes in der Vendée bleiben. Man brachte mich zum Flughafen und übergab mich einer Stewardess, die mir ein Plastikschild mit meinem Namen und meinem Reiseziel umhängte. Ich war froh, meiner bisherigen Langeweile zu entkommen, ganz egal, was dort auf mich zukommen würde.

Am Tag meiner Ankunft war nur der älteste Sohn zu Hause. Er konnte kein Wort Deutsch, und nachdem ich ihn nicht verstand, verzog er seine Augen mit den Fingern zu Schlitzen und ahmte das Essen mit Stäbchen nach. So begriff ich, dass er mir Reis zum Abendessen anbot.

Die Tochter des Hauses hieß Virginie und war genau so alt wie ich. Überall gab es Tiere, hinter der Küche lebten Enten und Gänse, am Ende des Parks gab es einen Esel und Pferde. Die Sensation war, dass der Esel, genauer gesagt, die Eselin, irgendwann von einem der Hengste schwanger geworden war, was angeblich sehr selten funktioniert. Eines Morgens brachte sie ein Fohlen zur Welt, was Virginie, die aus dem Park zurück zum Haus gelaufen kam, mir mit glänzenden Augen und sich überschlagender Stimme erzählte. Ihr zuliebe zeigte ich mich an all dem interessiert, hing mit ihr im Hinterhof bei den Enten ab, erfand Namen für jede von ihnen und besuchte das frisch geborene Muli.

Natürlich ließ ich mir nichts anmerken, aber ich fand seinen Anblick eigenartig: Verstört stakste es auf Beinen so dünn wie Mikadostäbchen durchs Heu und fiel alle paar Schritte um, bevor es sich zitternd wieder aufrichtete. Seine Mutter stand scheinbar teilnahmslos daneben, starrte ins Weite und schien auf bessere Zeiten zu warten. Zwei einsame Wesen, die zwar vom selben Blut, aber einander trotzdem völlig fremd waren.

Ich empfand die Situation als so trostlos, dass ich unter irgendeinem Vorwand schnell wieder aus dem Stall hinauslief.

Nach diesem Erlebnis brachte ich Virginie meine Erfindung bei, was von der Frau des Hauses, ihrer Mutter, die uns irgendwann am helllichten Tag nackt aufeinanderliegend im Bett erwischte, mit drakonischen Konsequenzen bedacht wurde. Ab sofort durften wir uns nicht mehr zusammen in einem der Schlafzimmer aufhalten, und Virginie musste für den Rest meines Aufenthaltes in den oberen Stock zu ihren kleinen Brüdern ziehen.

Abgesehen davon funktionierte mein Talent zur Anpassung auch hier. Weil niemand Deutsch konnte, sprach ich nach fünf Wochen fließend Französisch.

Durch meine neuen Sprachkenntnisse fühlte ich mich bei meiner Rückkehr wie ein anderer Mensch, was allerdings niemandem auffiel, da zu Hause alle in großen Übersiedlungsvorbereitungen steckten. Mein Stiefvater fuhr einen noch größeren Cadillac und hatte ein Schloss aus einer Konkursmasse erstanden. Es lag auf einem der zahlreichen Hügel außerhalb von Fretting und verfügte über alles, was ein Schloss haben musste: mehrere Türme, einen zehn Meter hohen Rittersaal, unterirdische Gänge, einen ehemaligen Kerker und einen riesigen Park.

Meine Mutter, ein Kind der Nachkriegszeit, war trunken vor Glück. Endlich würde das Märchen wahr werden, das sie sich immer erträumt hatte. Die banale Normalität hatte ein Ende. Ab sofort wurden Champagner, Kaviar und Foie gras mit schwarzen Trüffeln regelmäßig in Kisten aus Frankreich geliefert. Man ging einfach in den Keller und nahm sich, worauf man gerade Lust hatte. Manchmal holten meine Schwester und ich uns das Zeug auch einfach, weil nichts anderes mehr im Kühlschrank war. In der neuen Küche von der Größe einer Schulklasse gab es sechs Herdflammen und zwei Backrohre. Ab sofort war alles XL. Nur meine Nase blieb zum Glück immer noch klein.

In diesem Winter fuhren unsere Mutter und der Cadillacfahrer mit mir und meiner Schwester über Weihnachten nach Venedig (wir fuhren mit dem neuen Cadillac). Unsere Weihnachtsgeschenke bestanden darin, dass wir schon vorher neue Kleider und Schuhe bekommen hatten, damit wir in das elegante Hotel passten. Wir wohnten im *Danieli*. Sehr viel Gold, sehr viele Luster aus Muranoglas, endlose Gänge. Betten, die so groß waren, dass wir Kinder uns darin fast in nichts auflösten.

Bei meinen Großeltern väterlicherseits gab es am Heiligen Abend einen Christbaum mit Strohsternen und Lametta, es wurde viel gebetet und mit großem Ernst *Stille Nacht* gesungen. Sie waren sehr katholisch, mein Großvater war Laienpriester, und meine Großmutter ging jeden Morgen in ordentlichen Schuhen, wie sie betonte, in die Messe, auch im Winter bei minus fünfzehn Grad.

Bei meinen Großeltern mütterlicherseits gab es einen Christbaum mit bunten Glaskugeln und Lametta, und es wurde sehr fröhlich, weil meist schon angetrunken, *Stille Nacht* gesungen, bevor sich alle die Bäuche mit Karpfen und Braten vollschlugen.

Wir saßen diesmal in einem Hotelrestaurant fest, wo zur Feier des Tages traurige Weihnachtsmusik (instrumental) aus unsichtbaren Lautsprechern hinter der Wandbespannung dudelte. Außer uns war im ganzen Speisesaal noch genau ein anderer Tisch mit drei Japanern besetzt. Ich war zwar erst acht, aber mir war klar, dass die sechs italienischen Kellner nichts anderes vorhatten, als diesen Abend so schnell wie möglich hinter sich zu bringen. Ich war auf ihrer Seite.

In dem Moment, als ich in meinen neuen Lackschuhen das Restaurant betreten hatte und auf die drei stummen Japaner sah, wusste ich, dass Venedig zu Weihnachten die dümmste Idee war, auf die man kommen konnte – egal, welcher Glaubensrichtung man angehörte.

Diese Reise hatten wir nach vier Tagen hinter uns gebracht. Die Mittelmeerkreuzfahrt im darauf folgenden April dauerte zwei Wochen.

Eine Kreuzfahrt in den Siebzigern war nicht dasselbe wie heute. Sie war teuer und daher sehr exklusiv; eine Single-Börse für gescheiterte Männer und Frauen aus dem gehobenen Mittelstand (wer hier an Bord war, konnte kein armer Schlucker sein, lautete die Rechnung aller Alleinstehenden). Aber es war auch ein prickelnder Abenteuerspielplatz für die Verheirateten unter den Erwachsenen. Es gab damals keine Animateure, keine Pools, keine Tennisplätze und keine Shoppingmeilen. Der Zauber der Anlage beschränkte sich auf folgende Zutaten: ein riesiger Speisesaal, bespielt von einem französischen Spitzenkoch (maximale Anzahl von Michelin-Sternen) und seinem zwanzigköpfigen Team, ein Live-Orchester in der Bar, ein Casino und als Höhepunkt der Reise gegen Ende der zweiten Woche ein großer Kostümball.

Das Schiff stach von Venedig aus in See, wir fuhren also wieder mit dem Cadillac dorthin. In den ersten vier Tagen der Kreuzfahrt waren zwei Drittel aller Gäste seekrank, darunter auch ich. Jeder von uns lernte mindestens einmal den eleganten italienischen Schiffsarzt kennen, der einem mit vielsagenden Blicken eine Spritze verabreichte. Danach nahm ich mir vor, dass ich mich ab sofort zusammenreißen würde, um dem interessanten Arzt und seinem Medikament eine Chance zu geben.

Die restliche Zeit verbrachte ich damit, den Erwachsenen beim Durchdrehen zuzusehen.

Der Cadillacfahrer, der mindestens so gut aussah wie Cary Grant, hatte ab dem ersten Tag eine hartnäckige Verehrerin aus Köln, die sich nicht davon abschrecken ließ, dass er verheiratet war. Jedes Mal, wenn sie ihm auf Deck begegnete, warf sie ihm magnetische Blicke zu oder verwickelte ihn in ein Gespräch, was meine Mutter immer wütender machte. Der Kostümball sollte ihn überzeugen. Tagelang bastelte die Kölnerin an ihrer Verkleidung (über andere Gäste hatte es sich herumgesprochen, dass sie als Kleopatra gehen würde, ganz in Gold).

Meine Mutter hatte im Gegenzug spätnachts in der Bar den Chef von Coca-Cola Südamerika kennengelernt und mit ihm Wange an Wange getanzt. Daraufhin verliebte sich dieser unsterblich und verlangte täglich heimliche Treffen. Als ich wieder an den Degustationsmenüs im Speisesaal teilnehmen konnte, zwang mich der Cadillacfahrer, in Cognac eingelegte Pflaumen zu essen, woraufhin ich in den Teller kotzte. Am nächsten Tag gestand ihm meine Mutter, dass sie mit Mister Coca-Cola Wange an Wange getanzt hatte, woraufhin der Cadillacfahrer den Rest der Reise kein Wort mehr mit ihr sprach. Ich sah ihren Disput als eine direkte Strafe für mein Pflaumen-Trauma an. Die Kölnerin witterte Oberwasser. Doch dann wurde sie mit zehntägiger Verspätung ebenfalls seekrank, weshalb Kleopatra am Tag des Balls im Bett bleiben musste.

Meine Mutter kam in meine Kabine und setzte sich zu mir aufs Bett:

»Der Mann von Coca-Cola will mit mir durchbrennen, aber ich bin mir unsicher.«

Aus Langeweile nahm ich an einer Nachmittags-Tombola im Schiffscasino teil und gewann den Hauptpreis, zwei Millionen Lire. Die Zahl auf dem Scheck sagte mir nichts, aber ich begriff anhand der enttäuschten Gesichter der umstehenden Gäste, dass ich ihnen als achtjährige Gewinnerin die Show verdorben hatte. In meinen Händen ergab so viel Glück keinen Sinn. Trotzdem wurde ich als Preisträgerin vom Schiffsfotografen festgehalten. Das entwickelte Foto, das man mir am nächsten Tag aushändigte, zeigt mich in einem langen Blumenkleid mit Häkeleinsatz. Die Farben sind ausgewaschen. Mein Gesicht wirkt blass und überrascht. Alle anderen Gäste auf dem Bild schauen weg.

Der Roman *Die Hunde und die Wölfe,* den die französisch-russische Schriftstellerin Irène Némirovsky in den frühen 1930er Jahren schrieb, handelt vom Unterschied zwischen altem und neuem Geld. Von Menschen, die damit aufgewachsen sind, den Besitz und das Selbstverständnis mehrerer Generationen von Vätern zu verwalten und vermehren, und von Aufsteigern, die mit nichts auf die Welt kamen und jetzt mitspielen wollen, und dabei deutlich mehr an all dem Prunk interessiert sind als die anderen, getrieben von der ständigen Angst, wieder in alte Verhältnisse zurückzufallen.

Genau dieser Unterschied war es, der meine Familie ausmachte. Es gab auch bei uns immer nur neues Geld.

Alle Erzählungen über meinen Urgroßvater mütterlicherseits handeln von einem eleganten Familienoberhaupt mit Villa, Cabriolet, eigener Jagd und Monokel. Zum siebzehnten Geburtstag seiner Tochter, meiner späteren Großmutter, ließ er ihr zwanzig Abendkleider bei einem Pariser Schneider anfertigen. Für seine Geliebte unterhielt er eine eigene Wohnung in der Stadt.

Was in den Geschichten nie vorkam, beziehungsweise immer im Nebulösen blieb: Mein Urgroßvater war nicht der bürgerliche Grandseigneur, zu dem ihn seine Kinder und Kindeskinder nach seinem Tod verklärten, sondern ein kleiner Selfmademan aus der Arbeiterklasse. Einer, der als ungarischer Lehrling in einer Wiener Eisenwarenhandlung begonnen hatte und später einen der ersten Straßenbeläge aus Asphalt erfand.

Dieser kleine Unterschied ist es, der all die hübschen Sepia-Fotografien aus jener Zeit zu Fehlersuchbildern macht: mein Urgroßvater in stolzer Pose, im weißen Sommeranzug mit Stecktuch und goldener Taschenuhr. Etwas nach hinten versetzt seine Frau, meine Urgroßmutter, in einem bescheidenen Tageskleid, die Arme verlegen an den Körper gedrückt. Mein Urgroßvater vor seinem neuesten Cabriolet englischer Marke, es ist schneeweiß und wirkt viel zu groß für ihn. Mein Urgroßvater mit geschultertem Gewehr in den Bergen, sein Jagdanzug ist viel zu elegant. Er sieht auf dem Bild nicht wie ein Mann aus, der in dritter oder vierter Generation Hirsche auf eigenem Grund erlegt, sondern wie ein drittklassiger Burgschauspieler.

Der kleine Unterschied war auch dafür verantwortlich, dass sich das ganze Geld nach seinem Tod in kürzester Zeit in Luft auflöste.

»Sie haben alles durchgebracht«, wiederholte meine Mutter immer wieder mit tonloser Stimme.

Nach dem Tod des Asphaltkönigs wollten meine Großmutter und deren Schwester die Dinge in die Hand nehmen. Den ganzen Tag saßen sie in der Firma und spielten Büro; in Wirklichkeit jedoch lasen sie nur in Illustrierten, die sie mit einem Seufzer in der Schreibtischlade verschwinden ließen, sobald Kundschaft kam. Meistens jedoch hatten sie ohnehin Termine in der Stadt, saßen beim Friseur und bei der Kosmetikerin. Nach drei Jahren mussten sie dann gar nicht mehr ins Büro, die Firma war im Konkurs.

Von diesem Tag an ergaben sich alle der Gemütlichkeit des Stillstands: Die Villa verfiel langsam, und man trug die Kleider und Hüte aus den Pariser Modesalons auf.

Bevor man sie ins Internat schickte, ließ man meiner Mutter von der Hausschneiderin einen Wintermantel aus einem alten Schlafrock nähen. Es war der Hass auf diese plötzliche Verarmung, der meine Mutter zeit ihres Lebens antrieb.

Aber nun, endlich, der Aufstieg ins Schloss.

Jedes Kind hat einen Grundinstinkt. Eine Veranlagung innerhalb des Nervensystems, die nicht vererbt wird, sondern unabhängig von seinen Erzeugern existiert. Dieser Grundinstinkt ließ mich eines Morgens, ich war damals sieben Jahre alt, im Nachthemd auf der Terrasse unseres damaligen Hochhaus-Apartments stehen und auf die Straße weit unter mir schauen. Beim Anblick der betriebsamen Spielzeugwelt begann ich schlagartig am Sinn des Lebens zu zweifeln.

Büroangestellte, Verkäuferin, feine Dame, Lehrerin.

Welche Existenz sollte ich wählen, wenn jede Möglichkeit, für die ich mich entscheiden könnte, schon von Millionen anderen Frauen gelebt worden war, ich selbst daher in keinem größeren Zusammenhang etwas Neues erleben könnte? Ich sah hinunter auf die Bundesstraße, dahinter löste sich der große See im Dunst der Nebelschwaden auf. Warum sollte ich nicht jetzt sofort in den Tod springen, anstatt meine Zeit mit der Wiederholung eines überschaubaren Seins zu vertrödeln?

Es war mein erster Kierkegaard-Moment, und noch viele weitere sollten darauf folgen. Dieser hier wurde vom Kindermädchen unterbrochen, das mich zum Frühstück holte.

Ein Grundinstinkt meldete sich auch, als ich zwei Jahre später im Schlepptau meiner Mutter zum ersten Mal unser neues Zuhause, das Schloss, betrat. Alle dreiundzwanzig Zimmer waren möbliert mit antiken Schränken, Truhen, Fauteuils, Holztischen, Ölgemälden, Lanzen und Degen, in der Eingangshalle gab es sogar eine Ritterrüstung und richtige Morgensterne.

Das alles hatte nichts mit uns zu tun, aber viel mit den Bewohnern der letzten fünfhundert Jahre, deren jüngste Nachfahren jetzt ausziehen mussten. Für mich fühlte es sich vollkommen falsch an. Auch wenn sie es rechtmäßig verloren hatten, so war es doch ihr Elternhaus, während wir absolut keine Beziehung dazu hatten, einmal abgesehen davon, dass wir mit jemandem lebten, der es sich leisten konnte, den ganzen Krempel aufzukaufen.

Meine Mutter besaß nicht die Nonchalance einer Erbin von altem Geld, sondern perfektionierte, ganz Neureiche, die Einrichtung des Schlosses, was ihre gesamte Aufmerksamkeit in Anspruch nahm. Alles musste täglich so aussehen, als ob gleich ein Fotografen- und Journalisten-Team von *Arts & Decoration* für eine Homestory vorbeikommen würde. Im gesamten Haus gab es keinen einzigen Sessel, auf dem man bequem sitzen konnte. Nicht einmal das Sofa im Fernsehzimmer (nicht zu verwechseln mit dem Kaminzimmer, der Bibliothek, dem großen, dem kleinen und dem hinteren Salon) war erträglich – alle fünf Minuten musste man seine Position wechseln, während im Fernseher *Sissi*, *Die Dinge des Lebens* oder *Aktenzeichen XY* lief.

Was ich mir ansah, bemerkte ohnehin niemand so richtig, meine Eltern wären zum Beispiel erstaunt gewesen, dass mein Lieblingsfilm mit elf Jahren *Rosemaries Baby* war. Ich liebte den Grusel, sich dem Bösen in der Geschichte zu stellen. Um ihn ein zweites Mal sehen zu können, hatte ich mir sogar den Wecker gestellt, damit ich die Wiederholung um zwei Uhr früh nicht verpasste. Aber ich hatte auch andere Favoriten: *Lassie*, *Verliebt in eine Hexe* und *Bezaubernde Jeanny*.

Währenddessen wurden ständig neue Möbelstücke von Auktionen angeschafft, die zuvor in irgendwelchen Kellern und auf Dachböden gelagert worden sein mussten. Mehrfach konnten meine Schwester und ich abends in einem der Salons zusehen, wie aus den antiken Truhen faustgroße, schwarze Spinnen krabbelten.

Jetzt, da Geld keine Rolle mehr spielte, gab es auch mehr Personal: einen Gärtner, eine tägliche Putzfrau, eine Büglerin, ein Kindermädchen, dazu eine Reinemachefrau fürs Grobe, die obligate Hausschneiderin und eine Frau, die man nach dem Rezept meiner Urgroßmutter unsere Weihnachtskekse backen ließ. Nach und nach gaben sich später auch noch diverse Nachhilfelehrer die Klinke in die Hand. Man kann also sagen, auch wenn sich meine Mutter und der Cadillacfahrer durchschnittlich zwei Wochen im Monat auf

Reisen befanden, tummelten sich untertags jede Menge Leute bei uns.

Düster wurde es, wenn bis auf das Kindermädchen all diese Leute am Abend wieder fort waren – dann saßen meine Schwester und ich allein in diesem an allen Ecken knarrenden und knacksenden Kasten. Mit Herzklopfen schlichen wir über riesige Treppen und Gänge von der Küche ins Fernsehzimmer und danach in unser jeweiliges Schlafzimmer, die restlichen zwanzig Räume existierten für uns nicht.

All diese Leute waren natürlich kein Ersatz für ein richtiges Familienleben. Das Schloss war ihr Arbeitsplatz, aber nicht der Ort, an dem sie sich entspannten oder bei Bedarf eine von uns in den Arm nahmen. Was mit uns wirklich los war, ging sie im Grunde nichts an.

Irgendwann schlich ich mich damals nach der Schule in ein Plattengeschäft. Dort spielten sie gerade *Love me, please love me* von Michel Polnareff. Der hysterische Gefühlsausbruch des Sängers begeisterte mich. Ich hielt fast die ganze Zeit über dic Luft an.

Je suis fou, fou-ou-ou-ouuuuu ... So stellte ich mir die große Liebe vor.

Leider fanden meine Erziehungsberechtigten, dass ich noch zu klein für einen eigenen Plattenspieler sei. Doch das wollte ich nicht hinnehmen. Also lag ich unserem damaligen Kindermädchen, Sissy, so lange in den Ohren, bis sie mir von ihrem eigenen Geld einen kaufte. Die Schallplatte von Polnareff konnte ich mir von meinem Taschengeld leisten. Der Plattenspieler kostete damals 6000 Schilling, was mehr als ein Monatsgehalt der guten Sissy ausmachte.

Obwohl sie Kette rauchte und ihre ganze Kleidung immer leicht nach kaltem Aschenbecher roch, war sie eines der nettesten Mädchen, das je bei uns engagiert war. Für mich war sie etwas Besonderes, weil sie tapfer ein geheimnisvolles Unglück ertrug. So reimte ich es mir jedenfalls zusammen.

Ihr Schicksal flößte mir Respekt ein. Sie hatte in Holland gelebt, war dort verlobt gewesen und hatte in einem Drei-Sterne-Restaurant als Kellnerin gearbeitet. Jetzt lebte sie als Nanny mit einem freien Tag pro Woche bei uns. Selbst aus meiner kindlichen Perspektive war das der totale Abstieg.

Meine Mutter und der Cadillacfahrer verreisten viel, meistens zu Bridge-Turnieren. Die fanden auf der ganzen Welt statt, an so illustren Orten wie Biarritz, Deauville, Casablanca oder Acapulco. Das Kartenglück ist dabei praktisch bedeutungslos, weshalb Bridge, ähnlich wie Schach, als Denksport angesehen wird. Damals wurde nicht nur zum Spaß gespielt, sondern um viel Geld.

Einmal kam meine Mutter nach Hause zurück, übergab die Koffer unserer Haushälterin und sagte mit flackernden Augen:

»Ich musste gegen Omar Sharif antreten.«

Sie erzählte, dass er spielsüchtig war und das gesamte Geld, das er mit seinen Filmen verdiente, mit an den Kartentisch nahm. Umringt von Kibitzen und Fotografen, hatte meine Mutter ihm in einer mehrstündigen Partie gegenübergesessen, und nachdem er gewonnen hatte, sah sie in seine dunklen Beduinenaugen.

»Ich wäre besser gewesen, wenn uns nicht so viele Leute dabei zugesehen hätten.«

»Ich werde dafür sorgen, dass sich das ändert, Madame.«

Von da an spielten sie regelmäßig gegeneinander, in Venedig, in Paris und einmal auf den Seychellen. Sie hatte es also auch im Bridge weit gebracht.

»Hast du wieder gegen Omar Sharif gespielt?«, fragte ich sie nach einer ihrer Reisen. Sie saß auf ihrem Bett, schob gerade die Armbänder von ihren Handgelenken und sah dabei irritiert auf:

»Nein, jetzt hat er leider kein Geld mehr.«

Erwachsene glauben, Kinder ständig an sich drücken und knuddeln zu müssen, wenn sie nett sein wollen. Sie irren. Tatsächlich unterscheidet man sehr genau, von wem man berührt werden will und von wem nicht. Vor den meisten Erwachsenen ekelt einen, weil sie schwitzen und stinken, oder weil man sie hässlich findet. Doch schnell lernt man, diese Gefühle für sich zu behalten. Man erträgt ihre lästigen Berührungen und wendet sich zum Ausgleich seiner eigenen Altersgruppe zu.

Solange ich die Volksschule besuchte, war die große Liebe über die Schallplatte von Polnareff hinaus noch kein Thema für mich, Erotik dafür umso mehr: Ich schlief mit jedem Mädchen, mit dem ich mich näher anfreundete.

Woher ich den Mut dazu nahm, sie alle zu erobern oder zu überrumpeln, weiß ich nicht, es kam mir ganz einfach als die natürlichste Sache der Welt vor. Klar, man musste derartige Aktivitäten vor den Eltern verbergen – das hatte mir die Episode mit Virginie in Frankreich hinlänglich gezeigt –, was aber nicht weiter schwer war, denn alle Eltern waren heilfroh, wenn sie ihre Ruhe hatten und die lieben Kleinen sie nicht weiter belästigten. Man wartete ganz einfach, bis sie ausgegangen waren oder schliefen.

Oft begann es nach der Ballettstunde. Das in meinen Augen hübscheste Mädchen und ich tauschten beim Umziehen die Kleider, also ich ging mit ihren Sachen, Pullover, Unterhemd, Hose und Unterhose, nach Hause und sie mit meinen.

Das war der Beginn der Intimität. Ein Triumph, wie sich die Mütter darüber zu Hause aufregten.

»Wo sind deine Sachen?«, schimpften sie, und schon hatte man ein Treffen zwecks Rückgabe der teuren Markenkleidung arrangiert, welches leicht zu einer Übernachtung gemacht werden konnte.

Manchmal ging es bei den Übernachtungen nicht um Küsse, sondern um hochkomplexe Rituale, die wir zu unserer eigenen Erbauung erfunden hatten und die Außenstehende nicht unbedingt als erotische Begegnungen klassifiziert hätten. Eines davon hieß Totstellen: Man spielte im Zimmer des Mädchens eine zuvor genau abgesprochene Musik auf dem Kofferplattenspieler (die Wahl fiel oft auf Electric Light Orchestra). Dazu gingen wir herum, bis eine von uns »tot« umfiel und mit geschlossenen Augen auf die weitere Prozedur wartete. Währenddessen lief die Musik so laut wie möglich weiter, und das andere Mädchen zog seine Freundin an den Beinen und an den Armen quer durchs Zimmer, hin und her – zum Glück gab es in den siebziger Jahren in fast allen Schlafzimmern Teppichboden. Das tat man so lange, bis man vollkommen erschöpft ins Bett fiel, sich nackt auszog und schwer atmend nebeneinander einschlief.

Verliebtheit war bei mir nie im Spiel. Ich spürte einfach, dass jedes Mädchen etwas erleben wollte, was außerhalb der Reichweite von Erziehungsberechtigten und Lehrern lag. Und ich wusste, dass jedes Mädchen Geheimnisse mochte, die es zum Träumen brachten und ihm eine zweite Realität schenkten.

Später im Gymnasium waren einige Mitschülerinnen enttäuscht, wenn daraus nicht mehr, also so etwas wie eine Beziehung oder Romanze wurde. Für mich war die Sache viel unkomplizierter: Seitdem ich acht Jahre alt war, fand ich nichts besser als Küsse, Berührungen und Orgasmen und wollte das alles gleichberechtigt mit meinen Freundinnen teilen. Im Bett kuscheln wurde das Synonym für die erotischen Spiele zwischen uns. Man tat es, sprach ansonsten aber nie darüber. Man tat es daher auch immer nur zu zweit, aber nie zu dritt oder gar zu viert. Wie hätten denn zwei, die sich schon näher kannten, das Ganze einer Dritten erklären können? Man war sich ja selbst nicht sicher, wohin einen diese Abenteuer noch führen würden.

Meine diffusen Vorstellungen pendelten zwischen *Zärtliche Cousinen* und den Ankündigungen von Pornofilmen, die man an der Fassade des Kinos gegenüber vom Bahnhof sah.

Mit dreizehn begann ich eine Affäre mit einer jungen Krankenschwester, von der meine Mutter dachte, dass sie mir Mathematiknachhilfe geben würde. Das Geld, das sie ihr dafür bezahlte, investierten wir in Benzin und fuhren viele Nachmittage lang mit ihrem Auto in der Gegend herum. Wir liebten uns im Schilf des Sees und auf abgelegenen Forstwegen. Ihre großen Brüste waren die schönsten, die man sich vorstellen konnte, und ihre Küsse schmeckten nach Wassermelone. Es sollte noch viele Jahre dauern, bis irgendjemand anderer damit auch nur annähernd mithalten konnte.

Doch so gut es sich auch anfühlte – in meinem chaotischen Inneren spürte ich, dass ich der Verantwortung, die mit einer richtigen Beziehung einhergehen würde, nicht gewachsen war. Ich empfand es als demütigend, dass sie mich jedes Mal am frühen Abend wieder zu Hause absetzen musste, weil ich noch als Kind galt und bestimmte Ausgangszeiten einhalten musste. Irgendwann antwortete ich daher sicherheitshalber nicht mehr auf ihre Anrufe.

Bis heute besitze ich ein Foto von uns beiden, das lose mit all den anderen Schnappschüssen aus meiner Kindheit in einer Schachtel liegt. Wir sind darauf von hinten zu sehen, wie wir Hand in Hand über blau schimmernde Kieselsteine ins Wasser laufen. Ich trage einen türkisfarbenen Badeanzug, und meine langen Haare fliegen in nassen, schweren Strähnen auf ihre Schulter.

Ein Neffe von ihr, den wir an diesem Tag mit zum Schwimmen genommen hatten, hatte uns damals mit meiner Kamera aufgenommen.

Ab jetzt sind die Bilder ohne Rand.

Oft verbrachte ich meine Ferien bei meinen Großeltern. Ihr Haus lag viele Autostunden von uns entfernt; eine dreistöckige Villa, die Gartenwege gesäumt von Fichten, dahinter begann der Wald. Tagsüber wurde die Welt durch das beständige Braten, Rühren, Jäten und Herumräumen meiner Großmutter geordnet. Nachts regierten die finsteren Gesänge der Elemente. Der Wind heulte zwischen den hohen Bäumen hindurch wie ein Sturm, der den Atlantik hochkocht. Mond, Wolken, Bäume, Mauern, Dachgiebel – sie alle schienen nichts lieber zu tun, als sich dem Chaos hinzugeben.

Nachts lag ich stundenlang wach im Bett des oberen Gästezimmers und sah durch das Fenster in die schwarze Nacht hinaus. Während der Wind die Äste der Bäume wie die Arme der Göttin Kali in alle Richtungen peitschte, dachte ich nach. Warum gab es all diese Dinge, für die am Tag niemand Worte fand? Warum war alles so zweigeteilt? Für welche Seite sollte ich mich entscheiden? Es war wie der Versuch, eine mathematische Aufgabe zu lösen, für die mir die nötige Formel fehlte. Ich wickelte meinen Körper bis zur Nasenspitze fest in die Decke ein und ergab mich dem eigenartigen Spektakel mit seinen vielen Stimmen. Erst wenn die bunten Lichtpunkte zu tanzen begannen und über mir durch die Dunkelheit flogen, wurde es leichter.

So hielt sich alles in der Waage.

Bis zu jenem Abend, an dem mein Großvater zum ersten Mal in mein Zimmer kam.

Während sich alle Eltern bürgerlich entrüstet zeigten, falls unsere mädchenhaften Grenzüberschreitungen doch einmal ans Licht kamen, kümmerten sie sich nicht im Geringsten um die Grenzüberschreitungen der Erwachsenen gegenüber uns Kindern.

Für die Frauengenerationen vor mir schienen die Jahre nach dem Wiederaufbau vor allem eine Ära der Verdrängung zu sein. Sie waren wütend auf ihre Eltern und unglücklich mit ihren Ehemännern, hatten aber keine Idee, wie sie aus ihrem mühsam zusammengebauten Disney-World-Dasein eine Wahrheit herausfiltern könnten. Die Rosen und die Limousinen vor dem Haus glänzten einwandfrei. Sie schluckten ihre Pillen.

Sowohl meine Großmutter als auch meine Mutter waren über Jahre von Barbituraten und Benzodiazepinen abhängig, wobei die Vorlieben variierten: Oma war auf Temesta, Mama auf Valium. Täglich Beruhigungstabletten und Einschlafhilfen zu nehmen war damals ein normaler Vorgang, man freute sich über all die neuen und guten Ergebnisse der forschenden Pharmaindustrie. Von Abhängigkeit sprach niemand, noch nicht einmal die Ärzte.

Nur durch diesen Umstand, in Kombination mit der anhaltenden Nachkriegsamnesie, ist zu erklären, warum mich meine Mutter Sommer für Sommer zu ihren Eltern schickte, selbst dann noch, als ich sie schreiend anbettelte, das nicht mehr zu tun.

»Ich will dort nicht mehr hin.«

»Was soll das? Du warst doch bis jetzt auch immer so gerne dort.«

»Bitte tu es nicht!«

»Ach, hör jetzt auf, es bleibt dabei.«

Mein Großvater, der schon meine Mutter sexuell belästigt hatte, tat es fünfzehn Jahre später auch bei mir. Natürlich sprach ich mit niemandem darüber, stattdessen schämte ich mich. Auch die anderen Mädchen in unserer Familie redeten nie darüber – immerhin hatte Opa es Jahre später auch noch bei meinen Nichten versucht. Erstens durfte man meine Großmutter nicht aufregen, deren Nerven grundsätzlich, wer weiß, warum, bis zum Äußersten angespannt waren. Das war oberstes Gesetz. Zweitens war man überzeugt, dass einem niemand glauben würde. Die eigenen Bedürfnisse wurden ja schon bei viel geringeren Anlässen zum Störfaktor. Ja, man war eigentlich immer irgendwie im Weg, sobald man irgendetwas anderes tat, als hübsch angezogen bei Tisch zu sitzen oder Fremde mit einem Knicks zu begrüßen.

Drei Sommer lang kam also Opa Nacht für Nacht in mein Zimmer und streichelte über mein Nachthemd.

»Ich liebe dich. Über alles«, flüsterte er. Sein Atem hing schwer in der Luft. »Wenn du nur wüsstest, wie sehr ich dich liebe.«

Er ließ seine Hand unter mein Nachthemd gleiten und versuchte zwischen meine Beine zu gelangen. Ich presste meine Schenkel so fest zusammen, wie ich nur konnte. Nach einer Weile zog er die Hand wieder zurück. Mit Gewalt wollte er es zum Glück dann doch nicht tun.

Wenn wir uns tagsüber allein im Stiegenaufgang begegneten, fasste er mich bei den Schultern und versuchte, seine geöffneten Lippen auf meine zu pressen.

»So, jetzt wirst du zum ersten Mal richtig geküsst.«

Ich riss mich dann jedes Mal los und tat so, als ob es sich

um ein Versehen handelte. Auf die Idee, ihm zu sagen, dass er das gefälligst lassen und sich zum Teufel scheren solle, kam ich nicht – dazu fehlte mir der Mut.

Im dritten Sommer hörten meine nächtlichen Farbschwingungen beim Einschlafen auf. Sie sind nie wieder zurückgekommen, zumindest nicht auf legalem Weg.

Abgesehen von der gelegentlichen Aufregung durch meinen fehlgesteuerten Großvater kamen mir die Jahre zwischen zehn und dreizehn wie das schleppende Durchqueren der Wüste Gobi vor. Ein Schultag reihte sich an den anderen, Lehrer in schlecht sitzenden Anzügen aus billigen Stoffen plapperten an der Tafel monoton vor sich hin.

Das erste Halbjahr im Gymnasium nahmen wir in Geschichte ausschließlich das Leben der Kelten durch, in Geografie ging es um Gesteinsverschiebungen, in Deutsch um den Aufbau und die Interpretation von althochdeutschen Minnegesängen.

All das sollte mich, wie immer wieder betont wurde, auf das Leben vorbereiten.

Aber welches Leben? Eines, in dem man sich Pelzmäntel zum Geburtstag wünscht und auf Kreuzfahrten die Zeit totschlägt? Eines, in dem man für andere putzt und Laub wegräumt? Oder eines, in dem man mit einem Stück Kreide vor der Tafel steht und sich vor dreißig jungen Menschen lächerlich macht?

Viele meiner Mitschüler und Mitschülerinnen hatten als Kinder reicher Eltern dieselben Probleme, schienen aber weniger darunter zu leiden, wahrscheinlich, weil sie so viel

Sport machten. Selbst wenn ich mich dafür interessiert hätte: Für mich war das Schwitzen von A nach B durch meine Knochenfehlstellung ohnehin keine Option.

Im Sommer spielten diese Menschen ununterbrochen Tennis, im Winter fuhren sie Ski. Selbstverständlich bestand ihre jeweilige Ausrüstung ausschließlich aus angesagter Markenware. Geld spielte ja keine, also in Wirklichkeit natürlich jede Rolle.

Auch sonst war ihr Reichtum ein vollkommen anderer als unserer im knarrenden Schloss. Die meisten von ihnen lebten außerhalb der Stadt in modernen Architektenvillen – raumschiffartigen, weißen Betonburgen, in den unteren Geschossen mit Swimmingpools, Saunas und Tischtennisräumen, und in den Gärten mit Golf-Plateaus, um den Abschlag zu üben.

Während es bei ihnen eine Lobby mit Garderobe und Schlüsselboard aus Tropenholz gab, hängten wir unsere Jacken beim Nachhausekommen zwischen an der Mauer drapierten Morgensternen und Ritterspeeren auf. Während sie ihre ersten Partys rund um einen Indoor-Pool geben konnten, spielten wir Flaschendrehen in mittelalterlichen Kellergewölben.

Der größte Unterschied zwischen ihnen und mir war allerdings der, dass sie wussten, wer sie waren. Sie waren die Söhne und Töchter von Baumeistern, Großgrundbesitzern und Textilfabrikanten, wo das Geld in dritter oder vierter Generation im Übermaß floss. Selbst wenn alles schiefging, blieben sie jemand.

Wir hingegen waren in meinen Augen nichts als das Produkt geliehener Identitäten, Abkömmlinge eines Eisenwarenhandlungsgehilfen, der es zum Großgrundbesitzer mit eigener Jagd gebracht hatte. Der dabei aber leider vergessen hatte, seinen Kindern den Umgang mit Produktionsmitteln und Wertpapieren beizubringen, weshalb der glänzende Spuk kurz nach seinem Tod auch schon wieder zu Ende war. Wir waren nichts weiter als irgendwelche verwirrten Leute, die in einem geliehenen Schloss lebten, das mit ihnen und ihrer Geschichte nichts zu tun hatte.

Ich fühlte mich als Nichts, weil ich schon an fünf verschiedenen Adressen gewohnt hatte und es in mir keine Idee davon gab, wie sich ein Zuhause anfühlte.

Aus all diesen Gründen war ich überzeugt, dass meine Mitschüler nicht nur stärker waren als ich, sondern geradezu unbesiegbar. Sie hatten ja grundsätzlich dieselben Werte wie ihre Eltern. Mit beneidenswerter Selbstverständlichkeit wussten sie, wie man sich zu welchem Anlass kleidete, welche Urlaubsorte okay waren, welche Universitäten später einmal in Frage kämen und welche Frauen und Männer die richtigen zum Heiraten sein würden.

All das wussten sie schon lange, bevor es wichtig sein würde, während ich gar nichts wusste und kein Gefühl dafür besaß, wer ich war. Meine Mutter brachte meiner Schwester und mir übertrieben modische Kleidung von ihren Reisen mit, mit der man auf einem Pariser Laufsteg Furore gemacht hätte, in der Schule aber regelmäßig ausgelacht wurde. Ich schaute mir im Fernsehen *Rosemaries Baby* an und wartete, dass irgendetwas passierte.

Weil ich so überhaupt keine Idee davon hatte, wer ich war oder wer ich sein könnte, lernte ich schnell, dass ich über eine Währung verfügte, die Eindruck machte. Die Anstrengungen hatten sich gelohnt: Während sich verschiedene Körperteile bei anderen mit beginnender Pubertät plötzlich ins Unförmige auswuchsen, war meine Nase klein geblieben. Meine Haare waren hüftlang, und ich schien plötzlich so etwas wie Macht zu besitzen. Vielleicht imitierte ich nur die Waffen meiner Mutter. Sie hatte mit ihrem Aussehen ja sogar die härteste Nuss der Stadt, den Cadillacfahrer, bezwungen. Etwas anderes schien bei Frauen nicht interessant zu sein.

Ich war dreizehn, als mich Wolfgang, der coolste Schüler aus der Maturaklasse, auf seinem Moped nach Hause fuhr. Damit unser Ausflug nicht so schnell zu Ende war, nahm ich ihn bei der Hand und schlich mit ihm in eines unserer modrigen Kellergewölbe, wo er mit mir einen Joint rauchte. Dass es mein erster war, ließ ich mir nicht anmerken. Außerdem spürte ich sowieso keine Wirkung. Aber weil es so wahnsinnig verboten war, eröffnete sich mir eine neue Welt. Allein die Vorstellung, wie schockiert meine Eltern wären und wie laut sie schreien würden, ließ mich innerlich jubeln.

»So, und jetzt schenkst du mir noch einen Zungenkuss«, sagte Wolfgang und starrte mit leicht heruntergeklappten Augenlidern auf meinen Mund.

Ich war nicht überrascht. Dass die ganze Sache einen Preis haben würde, war mir von Anfang an klar gewesen. Mein Rücken lehnte an der feuchten Kellermauer. Es war komisch, wie weit er sich zu mir hinunterbücken musste, bis unsere Köpfe auf gleicher Höhe waren. Ein achtzehnjähriger Riese bohrte mir seine Zunge in den Hals. Es war widerlich, doch das machte mir nichts. Es kam mir so vor, als wollte er mich austrinken. Ich dachte dabei an meine Eltern und war hocherfreut.

Wenn man ein Mädchenzimmer bewohnt, in dem alle Wände mit einer Tapete beklebt sind, auf der sich im strengen Rapport blühende Äste ranken, auf denen lieblich blickende Nachtigallen sitzen, und wenn außerdem das Fenster in diesem Zimmer von Vorhängen gerahmt wird, auf denen sich dieselben Äste und Nachtigallen tummeln, und wenn man sich trotz dieses Szenarios absoluter Lieblichkeit fragt, worin der Sinn der eigenen Existenz bestehen könnte, gibt es nur einen Ausweg: Kafka.

Ich weiß nicht mehr, wie ich auf ihn gekommen bin, denn weder meine Mutter noch der Cadillacfahrer besaßen derartige Literatur, aber plötzlich waren Josef K. und der Landvermesser in meinem Zimmer und rissen für mich die Fassaden der Lieblichkeit ein.

Möglicherweise ergab also nichts einen Sinn, und diese Depression trieb die Welt in ihrem Inneren an. Darüber lohnte es sich nachzudenken.

Ein ganzes Jahr verging, in dem sich für mich nichts Bedeutenderes ereignete als diese Bücher. Ich saß im Schloss und las *Das Schloß*, danach alles andere.

Um meine neue Welt vor Angriffen von außen zu schützen, ließ ich mir nichts anmerken und lebte offiziell weiter mein Mädchenleben. Das hieß zum Beispiel, dass ich mich entscheiden musste zwischen Beatles und Rolling Stones. Ein schwieriges Unterfangen, aber die Cliquen in der Schule erwarteten ein Bekenntnis.

In einer ersten Blitzwahl entschied ich mich für den Mund von Mick Jagger und rahmte ihn auf allen Plattencovers mit schwarzen Filzstiftherzen ein. *Well, I'm a king bee, baby, want you to be my queen. Together we can make honey, baby, the world has never se-e-e-e-e-n ...* Nach Polnareffs *Love me, please love me, je suis fou-ou-ou-ou-ou!* konnte die Liebe vielleicht auch so aussehen.

Ich bekam zum ersten Mal das, was meine Eltern abfällig Bubenbesuch nannten. Es war ein Mitschüler, und als er in meinem Zimmer den antiken Stubenwagen mit der Biedermeier-Porzellanpuppe entdeckte – die von Erwachsenenhand arrangierte Erweiterung des Lieblichkeitsszenarios –, war ich bei ihm unten durch, und wir trafen uns nie wieder.

Doch wie so oft folgt, wenn man nur flexibel genug ist, auf die Niederlage ein Triumph: Am nächsten Tag fragte mich Wolfgang, mein großer Freund aus der Maturaklasse, ob er bei mir zu Hause vorübergehend zwei Sporttaschen voll Haschisch lagern könnte. Er brauchte wohl ein sicheres Versteck bei jemandem, der ihm das ganze Zeug nicht gleich verrauchen oder weiterverkaufen würde. Ohne lang nachzudenken stimmte ich zu.

Ich las also weiter Kafka, während auf unserem Dachboden zehn Kilo Schwarzer Afghane in Form von fein säuberlich gepressten Platten lagerte. Während meine Mutter und der Cadillacfahrer abwechselnd in den Bridge-Club gingen, von ihren Reisen zurückkehrten und alsbald wieder in Richtung Flughafen fuhren. Während wir ein finnisches Aupair-Mädchen bekamen. Während ich in Latein und Mathematik durchfiel.

Zum ersten Mal in meinem Leben kam ich mir bedeutend vor.

Und dann wirkte der Stoff doch noch, und die zusammenhanglose Zeit hatte ein Ende. Nach dem ungefähr 47. Joint, den ich aus purer Geselligkeit mitrauchte, stand ich kichernd im Stiegenhaus einer Vorstadtsiedlung herum und stellte mir vor, wie meine Beine mit dem Sandstein der Stufen verschmolzen. Zwischen meinen Schläfen wurden Neuronengruppen aktiviert, die sich bisher im Dämmerschlaf befunden hatten. Es fühlte sich wie herrliche kleine Explosionen an.

Sollten die anderen aus der Schule weiter Tennis spielen und im Tiefschnee wedeln. Die Drogen waren ab sofort mein Sport.

Anfangs war die Beschaffung noch schwierig, doch es war nur eine Frage der Zeit, bis meine Freundin Tamara und ich die notwendigen Kontakte hatten: Endverbraucher, die Dealer kannten, Dealer selbst und Freunde mit Führerschein, die uns an die richtigen Plätze fahren konnten. Konkret war es Tamara, die all diese wertvollen Bekanntschaften aufstellte. Sie war schon vierzehn, ich erst dreizehn, außerdem hatte sie einen älteren Bruder. Ihr Vater war im Gemeinderat und nie zu Hause, und ihre Mutter besaß von allen Müttern den am besten ausgestatteten Tablettenschrank. Das machte Tamara zu einer Expertin in Sachen Psychopharmaka – wohl aus Langeweile hatte sie schon früh begonnen, alle Pillenfarben durchzuprobieren und vielversprechende Kombinationen zu testen:

Valium mit Sekt, Rohypnol mit Wodka, Imipramin mit Rum. Schließlich erklärte sie Captagon mit Martini zum Testsieger, und wer zu ihren Freunden zählen wollte, probierte die ultimative Mischung mit ihr. Natürlich war ich dabei, und obwohl ich mir etwas mehr erwartet hatte, verbrachten wir doch den einen oder anderen sehr lustigen Nachmittag in meinem Mädchenzimmer. Man konnte sich ja zusätzlich noch ein bisschen hineinsteigern, also die Wirkung etwas übertreiben, damit es unterhaltsamer wurde: Jedes Mal, wenn eine Schallplatte zu Ende gespielt war, stolperte ich gekonnt zum Plattenspieler und legte kichernd und lallend eine neue auf. Dazwischen warfen wir uns auf den Boden und schüttelten uns vor Lachen. Die Captagon-Martini-Mischung wurde so etwas wie unser Standardprogramm, wenn wir zusammen waren. Die Zutaten dafür waren legal und im Übermaß vorhanden, es gab sie sozusagen auf Haus.

Ich hatte mir so etwas zwar nicht gewünscht, aber meine Mutter und der Cadillacfahrer stellten mir als Geschenk zu meinem vierzehnten Geburtstag eine Reise nach New York in Aussicht.

»Du darfst mit uns im Waldorf Astoria wohnen«, sagten sie feierlich, und es klang in ihren Ohren wohl, als hätten sie mir ein Jahr schulfrei angeboten.

Kafkas Amerika kennenlernen, dachte ich mir, warum nicht.

In ein paar Wochen sollte es so weit sein, doch zuvor übernachtete noch eine Klassenkameradin bei mir. Meine Eltern waren verreist, und ein neues Kindermädchen beaufsichtigte uns. Es war ein sogenanntes Notkindermädchen, weil ihre Vorgängerin aus irgendeinem Grund abhandengekommen war und schnell Ersatz gebraucht wurde – vierzehn Tage Seychellen ließen sich in den Augen meiner Mutter nicht verschieben. Frau Rüther, verbitterte 55, trat einen Tag vor der Abreise meiner Eltern den Dienst bei uns an. Der nächste Tag war ein Samstag, an diesem Wochenende übernachtete eine Klassenkameradin bei mir, und am Nachmittag kam auch noch meine Freundin Tamara zu Besuch.

»Ach wie nett, ihr macht einen Mädels-Nachmittag«, sagte Frau Rüther.

Sie servierte uns Kuchen aufs Zimmer, danach ließ sie uns in Ruhe. Wahrscheinlich war sie ganz froh, auch einmal die Beine hochlegen zu können und damit sich und aller Welt zu beweisen, dass sie zwar Kindermädchen, aber ganz bestimmt keine Putzfrau war.

In meinem Zimmer mit der niedlichen Vogeltapete: Tamara, meine Klassenkollegin und ich. Wir hörten die Stranglers und warfen uns bei jedem neuen Song vielsagende Blicke zu. Das heißt, meine Klassenkollegin nicht, sie war eine von der langweiligeren Sorte und mochte lieber Cat Stevens, außerdem konnte man mit ihr über gar nichts reden, also über keine schlimmen Dinge, weil sie sich damit nicht auskannte. Grund genug für Tamara, unsere Tabletten-Martini-Mischung ins Rennen zu schicken.

»Probier es doch auch.«

Großzügig boten wir der Neuen an, sich an unserer kleinen Partyrunde zu beteiligen.

»Na gut, klingt lustig«, sagte sie tapfer lächelnd, steckte sich eine Pille in den Mund und spülte sie mit Martini hinunter.

Tamara und ich unterhielten uns über Bands, die wir mochten. Bei *Choosey Susie* drehte ich die Boxen ganz laut auf.

Die Neue ließ sich in Zeitlupe vom Hocker auf den Teppichboden gleiten und begann mit den Augen zu rollen. Dazu lallte sie wirres Zeug.

»Wuah-wah-la ...«

Gab es Menschen, die so spießig waren, dass ihr Körper mit unserer Super-Mischung nicht umgehen konnte? Wir kamen nicht dazu, weiter darüber nachzudenken, denn plötzlich stand Frau Rüther in der Tür und schaute bestürzt in die Runde. Die Bässe dröhnten aus den Boxen. Wahrscheinlich, dachte ich mir, macht es wenig Sinn, die Sache herunterzuspielen, aber einen Versuch ist es wert.

»Meine Freundin hat gar nichts, die ist öfter mal so komisch«, sagte ich fröhlich.

»Ohahhh ...«, stöhnte meine Mitschülerin und ruderte mit den Armen durch die Luft.

Bei Frau Rüther schienen schlagartig sämtliche Alarmglocken zu läuten: Hier ging es nicht um einen Gelegenheitsjob, sondern um ihre neue Festanstellung. Mit energischen Schritten verließ sie das Mädchenzimmer, suchte den nächsten Telefonapparat (wir hatten siebzehn im ganzen Haus verteilt) und rief die Rettung an.

Zehn Minuten später wurde die Klassenkameradin von zwei Sanitätern auf eine Bahre gehievt.

»Du gehst jetzt sofort nach Hause!«, schrie Frau Rüther Tamara an, und dann drehte sie sich zu mir: »Du setzt dich in meinen Wagen, los!«

Wir folgten dem Rettungswagen in ihrem Mitsubishi Colt. Als wir in der Notaufnahme ankamen, lag das Mädchen auf einem Behandlungstisch und warf den Kopf hin und her.

»Es tut mir so, so, so leid«, stammelte sie immer wieder in meine Richtung.

»Was haben Sie ihr gegeben?!«, herrschte mich der diensthabende Arzt mit aufgerissenen Augen an.

Mittlerweile standen auch die Eltern der Klassenkameradin in der Tür.

Das war's, New York konnte ich jetzt vergessen.

Damit meine Mutter nicht auch noch auf die Idee kommen würde, vor aller Welt hart durchzugreifen und mir so etwas wie zwei Monate Hausarrest zu verordnen, musste ich mir schnell etwas ausdenken. Man sollte Mitleid mit mir haben, weil ich trotz meines Vergehens aus irgendeinem Grund richtig arm war, so mein Plan.

Auf einem der Beistelltische mit Instrumenten glänzte ein kleiner Metallhammer, mit dem man Kniereflexe testet. Unauffällig schnappte ich ihn mir und verschwand damit aufs Klo. Dort zog ich meinen rechten Turnschuh aus und versuchte, mit dem Hammer meine große Zehe zu brechen oder zumindest ansatzweise zu zertrümmern. Es tat höllisch weh, denn ich musste mehrmals drauflosschlagen, doch dann endlich lief sie blaurot an. Ich humpelte zurück zu Frau Rüther.

»Ich glaube, dass ich mir im Turnunterricht die große

Zehe gebrochen habe«, erklärte ich ihr. Dabei liefen mir vor Schmerz Tränen über die Wangen.

Die Klassenkameradin lag immer noch auf dem Behandlungsbett, war aber mittlerweile an zwei Infusionen angehängt und schlummerte friedlich vor sich hin. Sie war wohl aus dem Gröbsten heraus, das schien auch Frau Rüthers Meinung zu sein, als sie den behandelnden Arzt zur Seite nahm und länger mit ihm flüsterte. Jetzt wurde wahrscheinlich meine Sportverletzung besprochen. Mehrmals drehte sich der Arzt dabei in meine Richtung und sah mich mit ernsten Röntgenaugen an. Dann wurde eine Krankenschwester hinzugezogen.

»So eine Zehenprellung darf man nicht auf die leichte Schulter nehmen«, erklärte mir der Arzt nach einer kurzen Untersuchung. »Wir werden Sie zur Beobachtung hierbehalten.«

Ich war einverstanden, schließlich war alles besser, als mit einer zornigen Frau Rüther zurück ins dunkle Schloss zu fahren. Auch Frau Rüther war mit der Lösung zufrieden. Offensichtlich kannte sie den Arzt und hatte ihm erklärt, dass sie mit mir nicht fertigwerden würde, und ihn gebeten, mich bis zur Rückkehr meiner Erziehungsberechtigten in Verwahrung zu nehmen. Ich vertraute darauf, dass die Schreckensnachricht von meinem Spitalsaufenthalt den Partyunfall in den Augen meiner Mutter überschatten würde.

Zwei Tage lag ich auf gestärkten Laken und war bester Dinge. Rund um mich die vertrauten weißen Nebel. Dann stand plötzlich meine Mutter atemlos in einem offenen Nerzmantel in der Tür.

»Frau Rüther lässt mich hier wie eine Gefangene festhalten, dabei hatte ich mit den Tabletten, die das Mädchen genommen hat, nichts zu tun«, erklärte ich ihr, und dabei liefen Tränen über meine Wangen.

Meine Mutter verstand nichts. Sie zupfte mit den Fingern am Fell ihres Mantels. Dann sicherte sie sich in beide Richtungen ab: Frau Rüther wurde fristlos entlassen, und wir fuhren nicht nach New York. Stattdessen ließ sie mir zum Geburtstag ein Kleid von der Hausschneiderin nähen.

Die bürgerliche Welt definiert sich durch das Beschäftigen einer Hausschneiderin. Die Hausschneiderin unterscheidet sich von der Schneiderin, die man als Frau von Welt in ihrem Atelier aufsucht, indem sie ins Haus kommt. Seine Schneiderin ruft man an und vereinbart einen Termin, um sich heiklere Designer-Röcke und Designer-Kleider enger oder weiter machen zu lassen oder um sich Designer-Kleider aus einem anderen Stoff kopieren zu lassen. Die Hausschneiderin läutet jede Woche an einem bestimmten Tag an der Haustür und setzt sich, nachdem man ihr geöffnet hat, in das *Nähzimmer*. Dort kümmert sie sich drei oder vier Stunden lang um alle Familienangelegenheiten, die man mit einer langen Schere, Nadel und Faden lösen kann.

Die Schneiderin wird relativ gut pro fertiggestellter Arbeit bezahlt, die Hausschneiderin erhält einen niedrigen Stundenlohn. Meist handelt es sich um eingeschüchterte Frauen, die sich etwas dazuverdienen müssen.

Jedem Haushalt seine Hausschneiderin. Wer eine hat, hat alles richtig gemacht. Während die Eltern meines Vaters auch während der Kriegsjahre eine Frau Hoppe beschäftigten, die hauptsächlich abgetragene Kleider der älteren Geschwister für die jüngeren umnähte, bekam meine Mutter in der Volksschule von einer Frau Kehler den alten Schlafrock ihrer Tante zu einem Wintermantel umgenäht.

Jetzt hallte es bei uns jeden Mittwochnachmittag durch den Stiegenaufgang:

»Frau Zichelhofer ist da-a-a-a!«

Dann wurde ihr ein Haufen mit Socken zum Stopfen und heruntergerissenen Säumen zum Reparieren bereitgelegt. Außerdem betätigte sich unsere Mutter als Modeschöpferin und ließ für meine Schwester und mich ständig irgendwelche ausgefallenen Nachthemden nach ihren Entwürfen nähen.

Frau Zichelhofer war eine brave Arbeiterin, aber keine Meisterschneiderin. Diesmal bekam sie den Auftrag, ein Kleid mit weit schwingendem Rock für mich anzufertigen. Weil es mein Geburtstagsgeschenk werden sollte, durfte ich mir den Stoff selbst aussuchen. Er war mit großen Blumen in grellen Farben bedruckt, was mir sehr gut gefiel. Doch als das Kleid endlich fertig war und ich es anprobierte, stellte sich heraus, dass das breite Trägerband auf der linken Seite deutlich kürzer war als auf der rechten. Alles saß schief. Unglücklich drehte ich mich vor dem großen Spiegel im *Nähzimmer*. Meine Mutter stand hinter mir und schüttelte enttäuscht den Kopf. Bis Frau Zichelhofer in meine Richtung schrie:

»Du hast eben schiefe Schultern!«

Mit meiner Nase war bisher alles gutgegangen, auch die

Ohren lagen an. Von meinen Hüftschmerzen seit der Zeit meiner Knochenbehandlungen erzählte ich niemandem. Doch jetzt bekam ich aufs Neue Angst: Die schiefen Schultern würden sich nicht verbergen lassen, Kleider ein fortwährendes Problem sein. Kurz: Ich war eben nicht richtig genug. Kein vernünftiger Mensch würde auch nur fünf Cent auf mich setzen. Tief im Inneren war ich überzeugt: Wer genauer hinsah, konnte mich nicht mögen. Und mit den Männern würde es später sicher auch nur Probleme geben.

Meinen vierzehnten Geburtstag feierte ich mit Venil, unserem finnischen Kindermädchen. Unsere Mutter und der Cadillacfahrer hatten den abgesagten Familienausflug nach New York gegen einen Trip in die Karibik eingetauscht.

»Leider ist der Oktober die schönste Reisezeit, deshalb sind wir zu deinem Geburtstag nie da«, sagte sie fröhlich, während sie in ihrem Schlafsaal den vierten Koffer packte.

Meine kleine Schwester übernachtete bei einer Freundin. Nach der Schule saßen also Venil und ich in der Küche und schnitten eine gekaufte Sachertorte an. Dazu spielten wir Backgammon.

Weil alles so langweilig war und ich ohnehin schon wochenlang nichts mehr von Wolfgang gehört hatte, entschloss ich mich, meine Loyalität ihm gegenüber etwas zu lockern. Ich ging also zwischendurch auf den Dachboden hinauf und öffnete eine seiner beiden Sporttaschen. Dann brach ich eine Ecke von einer der in Zellophan eingewickelten Haschischplatten ab, steckte sie in die vordere Hosentasche meiner Jeans und kam wieder herunter.

Sobald Venil die Küche verlassen hatte, röstete ich das zerbröselte Zeug mit Zucker in einem Kochtopf an und goss es mit Wasser auf, fertig war der hochwirksame Haschischtee. Davon brachte ich Venil eine Tasse voll auf ihr Zimmer und erklärte ihr, es sei eine neue Kräutermischung. Den Rest der dampfenden Brühe schenkte ich mir selbst ein und setzte mich damit vor den in die dunkle Holzvertäfelung eingelassenen Grundig-Apparat im Fernsehzimmer.

Irgendwann wurde ich müde und machte mich auf den Weg in den rechten Flügel des ersten Stockwerks. Dort war mein Mädchenzimmer. Davor wollte ich noch im linken Flügel des Hauses nachsehen, ob bei Venil alles in Ordnung war. Schon von weitem hörte ich sie aus ihrem Zimmer am Ende des Ganges laut singen:

»Colour me your colour, baby, colour me your car ...«

»Alles okay bei dir?«, fragte ich sie und öffnete die Tür einen Spaltbreit. Sie lag auf dem Bett und schwang ihre Arme durch die Luft.

»Call me, call miccccccee ähhhniiiie-time ... Ja, mir geht's wunderbar, gute Nacht.«

Die Sache mit dem Haschischtee wurde nach diesem gelungenen Einstand Teil meines ganz normalen Alltags, ich machte mir jetzt fast jeden Abend einen, manchmal auch schon am Nachmittag.

«Kannst du mir wieder den Kräutertee machen? Ich schlafe dann immer so gut«, sagte Venil.

Natürlich bekam sie ihn.

Der einzige Grund, warum ich ein schlechtes Gewissen hatte, war, dass die fehlende Ecke vom Schwarzen Afghanen auf dem Dachboden immer größer wurde. Das machte mir Sorgen, denn ich kannte den Ehrenkodex beim Zwischenlagern von Drogen ja noch nicht, dafür fehlte mir jede Erfahrung. Insgeheim hoffte ich, dass Wolfgang die beiden Sporttaschen endlich abholen würde. Und tatsächlich: Irgendwann meldete er sich.

»Es hat Verzögerungen bei der Abwicklung des T-Shirt-Verkaufs gegeben«, sagte er. Dass ich auf diese Ansage nicht weiter einzusteigen brauchte, wusste ich schon.

»Wahrscheinlich wird mein Telefon abgehört«, hatte er mir bei unserem letzten Treffen erklärt.

Wir vereinbarten, dass er am kommenden Nachmittag vorbeikommen würde – offiziell, um mir seine alten Mathe-Bücher zu bringen. Als ich ihm im kleinen Salon die beiden Sporttaschen überreichte (ein Achtzehnjähriger mit Führerschein durfte nicht auf mein Mädchenzimmer) und ihm gestand, dass wohl ein paar Gramm fehlen würden, wunderte er sich nur, dass ich mir nicht mehr genommen hatte. Wir küssten uns jetzt nicht mehr, weil er seit kurzem eine richtige Freundin hatte, eine, die in seine Parallelklasse ging und in einem der großen weißen Architektenhäuser oberhalb der Stadt wohnte. Mir sollte es recht sein. Trotzdem fragte er mich, ob ich schon einmal in einer richtigen Diskothek gewesen sei. Ein paar Freunde und er würden am Wochenende ausgehen. Wenn ich Lust hätte, könnte ich mitkommen.

Dann brach er von der Platte noch ein Stück von der Größe einer halben Schokoladentafel ab und überreichte es mir zum Abschied.

Alle Erwachsenen, die ich näher kannte, führten ein Leben, das in meinen Augen sterbenslangweilig war. Ihr ganzes Dasein bestand aus hektischen Autofahrten und Flugreisen, der ständigen Bewegung von A nach B und wieder zurück, ohne tieferen Sinn.

Wir lebten nahe der Grenze zur Schweiz, und oft fuhr meine Mutter mit mir hinüber in das andere Land, in ein großes Einkaufszentrum, nur um dort eine andere Joghurtsorte zu kaufen als jene, die es in den Läden bei uns gab. Manchmal fuhr sie auch einfach drauflos, ohne Plan, um sich dort drüben irgendetwas einpacken zu lassen, von dem sie vorher noch nicht gewusst hatte, dass sie es wollen würde. So konnte sie sich immer wieder selbst überraschen. Mir kaufte sie hin und wieder auch etwas, aber es war selten das, was ich mir gewünscht hatte.

Am Grenzposten hingen Plakate mit den Schwarzweißfotos gesuchter RAF-Terroristen. Jedes Mal, wenn meine Mutter dem Zollbeamten die Pässe hinhielt, studierte ich die Gesichter auf den weißen Plakaten. Die Frauen und Männer darauf sahen aufregend und ungezähmt aus. Ich witterte dahinter ein besseres Dasein als jenes, das man mir vorlebte.

Auch mein Leben sollte einem höheren Plan zufolge aufregend und besonders sein, davon war ich überzeugt. Nachdem wir an einem trüben Novembernachmittag wieder einmal die Grenze passiert hatten, beschloss ich, dass ich es am kommenden Samstag in die von Wolfgang erwähnte Diskothek schaffen musste. Um Mitternacht frei und unbeobachtet an diesem Ort zu sein, so meine Vorstellung, würde mich der Wahrheit ein ganzes Stück näher bringen.

An Samstagen hätte ich Freundinnen treffen dürfen, allerdings nur bis zehn Uhr abends. Das war lange vor der Zeit, zu der es an den meisten Orten überhaupt erst losging. Seit dem Partyunfall unter den Augen des Notkindermädchens war meine Mutter vorsichtig. Ab jetzt traute sie unsere Beaufsichtigung in ihrer Abwesenheit keiner einzelnen Aufsichtsperson mehr zu. Zur Verstärkung reiste jetzt regelmäßig irgendeine Großtante an, was ungünstig war, weil diese älteren Damen einen sehr leichten Schlaf hatten. In diesem Fall konnte ich auch schlecht meinen Haschischtee servieren.

Leichter war es, wenn meine Mutter und der Cadillacfahrer zu Hause waren. Geräusche im Stiegenhaus weckten sie nicht, da ihr Schlafzimmer, das die Größe eines Ballsaales hatte, weit genug entfernt war.

Am nächsten Samstag freuten sich alle, dass ich so früh schlafen ging. Tatsächlich wartete ich zwei lange Stunden angezogen in meinem Bett, dann stopfte ich ein paar Kuscheltiere und Pullover unter die Bettdecke. Oben ließ ich die Haarlocken meiner Porzellanpuppe herausschauen. Ich war zufrieden: Man konnte wirklich glauben, dass hier ein Mensch lag.

Kurz nach Mitternacht schlich ich in Zeitlupe über die Stufen des Treppenhauses hinunter. Ich hielt den Atem an, öffnete die eisenbeschlagene Eingangstür und verließ das Haus. Zwei Straßen weiter warteten Wolfgang, seine neue Freundin und deren Bruder mit laufendem Motor in einem alten Ford Mustang. Obwohl mir das Herz bis zum Hals pochte, stieg ich betont lässig ein.

Die Disko lag dreißig Kilometer außerhalb der Stadt, mitten im Wald. Sobald wir die letzten Siedlungen hinter uns gelassen hatten, zündete einer der Männer im Auto einen Joint an. Draußen nieselte es. Die Felder lagen unter einer dichten Nebeldecke. Das, dachte ich mir, könnte der Anfang deines neuen Lebens sein.

Drinnen im Club ließen Stroboskop-Lichter Gäste und Kellner in Schwarzweiß aufblitzen. Durch regelmäßige Stöße aus der Nebelmaschine sah man auf der Tanzfläche keine ganzen Körper, sondern nur wippende Köpfe auf Schultern. Irgendjemand spendierte mir einen Gin Tonic, sonst passierte nicht viel. In Wirklichkeit schien es mehr darum zu gehen, was sich abseits der spärlichen Gesten und Worte abspielte. Also, wer wem nachschaute, wer an wem vorbeiging und wer wen ignorierte. Wer mit wem vors Lokal oder auf die Toilette ging und ob er wieder mit derselben Person zurückkam.

Als wir gegen fünf Uhr früh aus dem Stroboskopgewitter heraus in Freie kamen, roch die Luft nach Schnee. Wir setzten uns in den Wagen, und Wolfgang drückte lieblos aufs Gas. Er schien keine besondere Lust mehr am Fahren zu haben. Während der letzten Stunden war alles gefroren. Das Fahrzeug schwamm auf dem Asphalt dahin. Die Autoheizung funktionierte kaum, und unser Atem verwandelte sich in weißen Dampf. Es war schön, durch die graue Landschaft zu gleiten und dabei weit weg von allem zu sein.

Das Nächste, was ich mitbekam, war lautes Fluchen und ein Schrei, während mein Kopf mehrmals gegen das Autodach polterte. Alles drehte sich. Als es wieder still war, stand der Wagen auf dem Kopf. Neben mir lag Wolfgangs Freundin und wimmerte. Sie hatte eine Schürfwunde auf der Stirn, und irgendetwas war mit ihrer Schulter passiert.

Alles würde noch schwieriger werden, wenn herauskäme, dass Wolfgang um diese Uhrzeit mit einer Minderjährigen unterwegs gewesen war. Oder wenn die Polizei bei meinen Eltern anrufen würde.

»Du musst so schnell wie möglich von hier weg«, sagte er, nachdem wir alle aus dem Wagen geklettert waren.

»Keine Sorge, niemand wird wissen, dass ich hier war.«

Ich ging allein die Straße weiter und stoppte den nächsten Wagen, der an mir vorbeikam. Drinnen saß ein Pärchen, sie fuhren zum Glück über Fretting. Sie waren auch in der Disko gewesen, rochen nach Rauch und Tequila und fragten mich nicht viel. Eine halbe Stunde später setzten sie mich unten an der Bundesstraße ab, und ich musste nur noch den Hügel hinaufgehen. Plötzlich registrierte ich meine starken Kopfschmerzen. Jetzt konnte mir nur mehr die heilige Maria helfen.

»Muttergottes, bitte für uns Sünder, jetzt und in der Stunde unseres Todes ...«

Ich dachte, wenn ich, bis ich oben auf dem Hügel ankomme, ein *Gegrüßet seist du, Maria* nach dem anderen spreche, wird alles gutgehen. Werde ich mich unbemerkt wieder ins Bett legen können. Es fühlte sich so an, als würde etwas in meiner Brust brennen.

»Du bist gebenedeit unter den Frauen, und gebenedeit ist die Frucht deines Leibes ...«

Langsam wurde es hell. Lautlos betete ich weiter, wie in

Trance, ging über den Platz zum Eingang des Schlosses, drehte den Schlüssel im Tor um und schlich die Stufen zu meinem Zimmer hinauf. Endlich legte ich mich zwischen meine Stofftiere und fiel in einen dumpfen Schlaf.

Weil meine Gebete so mächtig waren, stahl ich mich ab jetzt regelmäßig von zu Hause davon. Ich fuhr in fremden Autos mit in andere Städte. Ich tanzte in neuen Clubs. Ich trank Wodka und Gin Tonic. Ich kiffte.

»Kannst du morgen in der Nacht mit mir und einem Kumpel über die Grenze fahren?«, fragte mich Wolfgang. Ich sagte zu. Die Aktion klang aufregend, fühlte sich dann aber nur wie ein Routine-Job an. Ich wartete einfach im Auto in einer fremden Straße. Eine Stunde später kamen die beiden mit einem Koffer zurück, ich fragte nicht nach dem Inhalt. Wolfgang machte die Tür auf und setzte sich zu mir auf die Rückbank.

»Wenn wir die Grenze passieren, musst du mit mir schmusen. Damit lenken wir die Heinis beim Zoll ab.«

Sobald das Zollhaus in Sichtweite war, legte er den Arm um mich. Dann beugte er langsam den Kopf über mein Gesicht, und mir fiel wieder ein, wie widerlich ich seine nassen Küsse damals im Keller gefunden hatte. Schnell sagte ich:

»Nicht mit Zunge, wir tun nur so als ob.«

Ein paar Tage später traf ich mich nach der Schule mit meiner Freundin Tamara im Park. Sie hatte uns etwas zum Rauchen besorgen wollen, doch stattdessen hielt sie mir zwei in Tixo eingewickelte Löschblattstückchen hin.

»Shit hat es keinen gegeben, dafür aber das.«

Weil alles spannend war, was von Tamara kam, steckte ich eines der beiden kleinen Papierquadrate in den Mund, Tamara nahm das andere.

»Du musst es möglichst lange unter der Zunge liegen lassen, dann wirkt das LSD schneller«, sagte sie fachkundig, obwohl es auch für sie das erste Mal war.

Danach gingen wir in einen Plattenladen und hörten uns die neue Ultravox an. Es war einer dieser typischen langweiligen Nachmittage in unserer Kleinstadt. Durch die Fensterscheibe der Auslage beobachteten wir Nachbarsmütter, die ihre Hunde spazieren führten oder Einkäufe nach Hause trugen. Jetzt musste sich endlich etwas richtig Großes ereignen, wir waren beide bereit.

Doch ganz so groß wurde es dann nicht, die Trips wirkten kaum. Wir fühlten uns nur aufgekratzt, so als hätten wir zu viele starke Kaffees getrunken und seit zwei Nächten nicht mehr geschlafen.

»Bist du dir sicher, dass das LSD war?«, fragte ich Tamara auf dem Heimweg.

»Ich werde mit denen reden. Das nächste Mal müssen die uns ernst nehmen und was Besseres rüberschieben.«

Für unseren neuen Lifestyle brauchten Tamara und ich Geld – mehr Geld, als zwei Schulmädchen aus der Unterstufe normalerweise zur Verfügung hatten. Doch für mich war es nicht weiter schwierig, die Schallplatten, die Drogen und das Ausgehen für uns beide zu finanzieren. Als international operierender Geschäftsmann dachte mein Stiefvater im großen Stil: Ich bekam mittlerweile zweitausend

Schilling Taschengeld im Monat, das entsprach dem halben Gehalt unserer Haushälterin und war ungefähr zehnmal so viel, wie meine Freundinnen zur Verfügung hatten. Während Tamara mühsam da einen Zwanziger und dort einen Fünfziger aus der Geldbörse ihrer tablettensüchtigen Mutter entwendete, steckten in der Sakkotasche des Cadillacfahrers immer mehrere, von einer Klammer aus massivem Weißgold zusammengehaltene Tausender. Es fiel ihm nicht auf, wenn einer davon fehlte.

Im großen Stil organisierte mein Stiefvater auch die Versorgung unseres Haushaltes mit seinen persönlichen Grundnahrungsmitteln. Alle zwei Monate hielt ein LKW eines französischen Transportunternehmens vor unserem Eingangstor. Zwei Männer in blauen Overalls stiegen aus und schleppten, nachdem man ihnen den dafür ausgebauten Keller geöffnet hatte, unzählige Kisten Champagner, Wein, Foie gras, in Cognac eingelegte Maroni, Waffelgebäck aus normannischen Crêpes und Beluga-Kaviar herein.

Am Anfang standen meine Schwester und ich manchmal staunend vor den mit interessanten Schriften bedruckten Kartons und Holzkisten. Doch mit der Zeit färbte die Selbstverständlichkeit, mit der sich der Cadillacfahrer und unsere Mutter an den Sachen bedienten, auf uns ab. Man könnte auch sagen, dass unsere Erziehungsberechtigten großzügig waren: Wir durften uns nehmen, wonach uns gerade der Sinn stand. Wenn zum Beispiel kein normales Essen mehr im Kühlschrank war, was immer wieder vorkam, dann tunkten wir manchmal am Nachmittag altes Brot mit Kaviar auf oder legten uns zentimeterdicke Scheiben Foie gras darauf, in deren Mitte ein dicker, schwarzer Trüffel steckte. Wir machten das nicht wegen irgendeinem Feinschmecker-Firlefanz, so wie ich das bei aufgeregten Versicherungsvertretern beobachten konnte, die manchmal in Venedig, Paris oder London im Restaurant am Tisch neben uns saßen. Wir machten es aus einer Mischung aus Hunger und Langeweile und weil es lustig war, bei jedem zweiten Bissen darüber nachzudenken, wie verrückt man sein musste, um für salzige, graphitgraue, glibberige Kugeln, die im Mund zerplatzten und einen leicht bitteren Nachgeschmack hinterließen, so viel Geld auszugeben (nicht ohne Stolz hatte unsere Mutter einmal erwähnt, was diese spezielle Sorte von Kaviar kostete).

Weil wir einen ambitionierten Deutschlehrer hatten, mussten wir einen Aufsatz über die *Pensées* von Pascal schreiben. *Der Mensch weiß nicht, auf welchen Platz er sich stellen soll. Unruhig und ohne Erfolg sucht er ihn überall in der undurchdringbaren Finsternis.* Solche Gedanken waren mir vertraut. Während die ganze Familie in die Ferien fuhr, saß ich hinten im Cadillac und beobachtete die vorbeiziehende Landschaft. Was, fragte ich mich, wenn all die Hügel und Wälder in Wirklichkeit nur mikrobengroße Partikel auf einem Organismus von gigantischen Ausmaßen wären? Wenn es in Wahrheit gar nicht um unseren Hunger geht, sondern um den Hunger eines Wesens, das milliardenmal größer ist als wir und für das unsere Existenz völlig irrelevant ist? Oft stellte ich mir diesen Makrokosmos als eine Art schlafende Riesin vor, auf deren Körper wir uns wie kleine Bakterien bewegten. Und alle Bäume, so wie wir sie sehen konnten, wären in Wirklichkeit nichts als feine Härchen auf ihrer Haut.

Wenn man sich heimlich mit solchen Fragen herumschlägt, obwohl man doch eigentlich nur funktionieren soll – zu Hause, in der Schule, beim Friseur, im Bus –, dann möchte man sein Gehirn ruhigstellen. In meinem Fall erwiesen sich die Drogen dabei als große Hilfe, wobei ich ja erst am Anfang einer langen Testphase mit den unterschiedlichsten Mitteln stand. Dass sich das alles später an einem anderen Ort und unter anderen Verhältnissen gegen mich richten würde, davon ahnte ich damals noch nichts.

An einem Sonntagnachmittag nahmen Tamara und ich zwei Micros, die uns Wolfgang besorgt hatte. Micros, das war starkes LSD in Form eines zur Größe eines Samenkorns gepressten Kartons.

Eine Stunde später verloren wir jedes Gefühl für Zeit und Raum, liefen bis spät in die Nacht durch den Wald, um bloß keinen Menschen zu begegnen. Farben sprachen zu uns. Geräusche bewegten sich wie bunte Wasserwellen auf uns zu. Manchmal war nicht mehr klar, wo ihre Hand aufhörte und meine anfing, wer jetzt wer von uns war. Wir blieben dauernd in Bewegung, aus Angst, den Verstand zu verlieren.

Wie wir dorthin gekommen waren, wusste keine von uns, doch plötzlich standen wir in einem Rocker-Lokal oben auf dem Berg und tranken süßen Tee. Alles wurde weich und schön und besser, auch wenn die Farben immer noch durch die Luft schwappten, aber das machte nichts, auch nicht, dass der Mann hinter der Bar manchmal für einen Augenblick eine Wolfsmaske trug.

Dann, aus dem Nichts, betrat plötzlich meine Mutter das Lokal – in einem bodenlangen schwarzen Paillettenkleid –, sie kam direkt von einer Abendveranstaltung.

»Was fällt dir ein, um diese Uhrzeit noch nicht zu Hause zu sein«, schrie sie.

Schadensbegrenzung war der Plan, alles konnte jetzt noch geregelt werden, solange man Tamara und mich in diesem Zustand nicht voneinander trennte. Auf dem Nachhauseweg erklärte ich meiner Mutter, dass Tamara bei mir schlafen müsse, weil ihre Eltern verreist seien. Als sie dabei in unsere erweiterten Pupillen sah, sagte sie, dass sie jetzt wisse, dass wir Haschisch geraucht hätten.

»Gebt es zu!«

Das war jetzt wirklich noch das geringste Übel, angesichts der Tatsache, dass keine von uns beiden wusste, wie und ob sie je wieder runterkommen würde von dem Tierkopf- und Farbflash-Ding.

»Ja, haben wir. Probier doch einen mit uns, jetzt gleich in meinem Zimmer, dann wirst du sehen, dass das viel harmloser als Alkohol ist.«

Meine Überzeugungskraft war durch die kleine Kartonpille scheinbar ins Unendliche gesteigert worden: Zehn Minuten später saß sie mit uns auf dem Teppichboden in meinem Mädchenzimmer und zog an einem Joint, den Tamara mit zittrigen Fingern zusammengebröselt hatte. Ich redete mich währenddessen um Kopf und Kragen, immer darauf bedacht, unseren wirklichen Zustand zu überspielen; und tatsächlich, kurz danach wankte sie in den gegenüberliegenden Trakt in ihren Ballsaal und ging schlafen.

Leider hatte der Vorfall meine Mutter nachhaltig alarmiert.

»Die ganze Nacht hat sich unser Bett gedreht, und ich hatte Herzrasen. Was ihr da nehmt, macht mir Angst.«

Sie sagte eine geplante Reise ab. Eine Woche später wurde ich nach dem Abendessen in die Bibliothek gerufen, wo sie und der Cadillacfahrer feierlich in zwei Renaissancestühlen vor dem Kamin saßen und auf mich warteten.

»Wir halten es für das Beste, wenn du die Schule auf einem Internat fortsetzt«, sagte sie und starrte dabei auf den Perserteppich unter ihren Lackschuhen. »Wir haben uns zwei Termine mit Instituten in der französischen Schweiz ausgemacht. Morgen fahren wir mit dir hin und sehen sie uns an.« Mit großem Ernst blies mein Stiefvater dazu den Rauch seiner Havanna-Zigarre in die Luft.

Im Grunde lief seit Jahren alles darauf hinaus, dass man mich wegsperren musste. Vielleicht hatte ich es auch selbst auf die Spitze getrieben, weil ich mich wegsperren lassen wollte. Wenn Eltern ihre Kinder fortgeben, dann in der Hoffnung, dass damit die Zeit überbrückt wird, bis diese endlich zur Vernunft kommen. Wenn Kinder von zu Hause fortwollen, dann in der Hoffnung, dass danach alles erträglicher ist.

Am nächsten Tag passierten wir um zehn Uhr vormittags die Grenzkontrolle mit den RAF-Plakaten. Drei Stunden später waren wir in Genf.

Im ersten Internat behandelte man mich wie eine Schwerverbrecherin. Wir betraten ein altehrwürdiges, hochkatholisches Institut mitten in der Stadt und mussten durch mehrere lange Gänge, bis wir an die Tür der Direktion gelangten.

Fünf Mal. Ich zählte mit, wie oft ich ein- und ausatmen musste, nachdem meine Mutter angeklopft hatte und uns von einer dürren Klosterschwester geöffnet wurde. Wortlos senkte sie ihren in schwarzes und weißes Tuch verpackten Kopf und wies uns mit einer Handbewegung an, weiterzukommen.

»Notre Mère Supérieure, Madame la Directrice«, hauchte sie und wies mit feierlicher Geste auf einen riesigen Schreibtisch, vor dem drei Holzsessel standen.

Dahinter saß, starr wie in Beton gegossen und scheinbar alterslos, die Mutter Oberin. »Setzen Sie sich.«

Stille.

Sie bedachte jeden von uns mit einem ernsten durchdringenden Blick. Als die Reihe an mich kam, sagte sie:

»Ich bezweifle, dass Sie den nötigen Ernst für ein Haus wie das unsere mitbringen«.

Kopfschüttelnd blätterte sie in meinen Zeugnissen.

»Ich bezweifle es wirklich«, sagte sie noch einmal, und dabei verengten sich ihre grauen Augen zu kleinen Schlitzen.

Sie wirkte vollkommen überzeugt von ihrem pädagogischen Können. Ich wiederum zweifelte an ihrer Ansage angesichts der Summe, die diese Schule an mir verdienen würde. Schließlich hatte mir meine Mutter zuvor im Auto lang und breit erklärt, wie viel jede einzelne der beiden Adressen im Monat kosten würde.

»Du kannst dankbar sein, dass wir es so gut mit dir meinen, denn das ist auch für deinen Stiefvater – trotz allem – viel Geld.«

Ich begriff, dass es zum Abschluss dieser Szene an mir gewesen wäre, hier vor allen Anwesenden zu versprechen, mich ganz und gar zu ändern, doch diese Freude machte ich ihnen nicht.

Das zweite Mädchenpensionat lag am Stadtrand und wurde seinem Ruf als Institut für höhere Töchter mehr als gerecht. Der Cadillac fuhr durch einen Park, bis wir zu einem Gebäudekomplex im klassizistischen Stil gelangten. Das Ganze wirkte nicht wie eine Schule, sondern wie ein Nobelhotel in einem der großen französischen Seebäder. Ein Concierge meldete unsere Ankunft, dann wurden wir hineingebeten.

»Werden Sie Ihr eigenes Pferd mitbringen?«, fragte mich die Direktions-Assistentin, die uns als Mademoiselle Romblant vorgestellt worden war und uns jetzt durch die Eingangshalle führte. Während ich verblüfft den Kopf schüttelte, bog ein schlankes Mädchen um die Ecke. Ihre blauschwarze Haare reichten bis zu den Hüften und wehten im Takt ihrer Schritte sanft hin und her.

»Darf ich vorstellen, Prinzessin Leila aus Saudi-Arabien«, sagte Mademoiselle Romblant.

Die Prinzessin wurde von ihrer persönlichen Tennistrainerin begleitet. Während sich die beiden huldvoll lächelnd von uns verabschiedeten und weiterschwebten, leuchtete der Park zwischen den geöffneten Terrassentüren limonengrün. Warmer Wind wehte herein und brachte den Duft von Kamelien mit sich. Mit würdevoller Geste strich sich Mademoiselle Ramblant eine Haarsträhne, die der Luftzug gelöst hatte, aus dem Gesicht. Dabei gab der Ärmel ihrer Bluse den Blick auf ihr Handgelenk frei: Die Uhr, die sie trug, war eine *Le Tank* von Cartier.

Seit meiner Zeit im Gips war ich mir noch nie so unbeholfen und hässlich vorgekommen wie in diesem Moment. Meine Mutter blickte auf Mademoiselle Romblant, und ich begriff, wie viele Ambitionen sie mit meiner Umerziehung in einem Institut wie diesem verband.

»Im Winter fahren wir mit den Mädchen gerne nach St. Moritz zum Skifahren und im Sommer an die Cote d'Azur«, sagte Romblant. »Das kostet dann natürlich extra.«

Es war wie ein Déjà-vu unter umgekehrten Vorzeichen: Die Dimension stimmte wieder nicht, ganz so wie damals, als wir das Schloss von seinen bankrotten Vorbesitzern übernommen hatten. Nur, dass wir uns diesmal einen Schuh angezogen hätten, der um drei Nummern zu groß war. Wir besaßen keine Jacht und auch kein Chalet in Megève oder Aspen. War ich wirklich immer die Einzige, die den falschen Braten roch?

2

Der neue Ort war in eine lieblichere Landschaft eingebettet als mein bisheriges Zuhause. Statt schroffer Bergwände reihten sich kleine Wälder und Wiesenhügel aneinander, unten im Tal blitzte im Licht der Sonne ein enzianblauer Fleck auf, der Nordberger See. Zum Geburtstag hatte ich mir die neue Olympus OM2 schenken lassen. Jetzt hielt ich mit der Kamera vom Fond des Wagens aus das Spielzeuggelände fest, so als würde dies alles gleichzeitig zum ersten und zum letzten Mal an mir vorüberziehen. Glänzende Bäumchen, glitzernder See. Schweigend fuhren wir dahin. Mein Stiefvater lenkte den Cadillac und rauchte dazu eine Zigarre. Meine Mutter saß auf dem Beifahrersitz und ordnete die weißgoldenen Armbänder an ihren Handgelenken.

Die Limousine glitt um eine letzte Kurve, dann war auf einer Anhöhe das ehemalige Jagdschloss aus dem 19. Jahrhundert zu sehen. Mit seinen romantischen Türmen und Balustraden wirkte es von hier unten wie eine Draufgabe zur Postkarten-Idylle. Langsam schwebten wir den Hügel hinauf. *Nationale Lehr- und Erziehungsanstalt* stand in Serifenschrift über dem Einfahrtstor. Ich ließ das Fenster an meiner Seite hinunter; die Luft roch nach getrocknetem Gras. Der

Wagen fuhr einen breiten Kiesweg entlang Richtung Hauptgebäude. Noch wärmte die Sonne die Erde, doch die Blätter der großen Eichen entlang des Weges zitterten bereits unruhig im Wind. Senfgelbe Baukunst zwischen seladongrünen Wiesen: Das Institut empfing seine Besucher an der höchsten Stelle des Parks.

Später würde ich es besser wissen. In Wirklichkeit wurde hier das Dunkle institutionalisiert. In Wirklichkeit hätte mir von Anfang an klar sein müssen, dass hier der Ort war, an dem ich für mein Schlechtsein bezahlen würde. Ich folgte dem Cadillacfahrer und meiner Mutter über die Stufen hinauf zum Eingang. Im Vorbeigehen fiel mir die fleckige Fassade auf; auf den unteren Mauersockeln wucherten moosgrüne Inseln zwischen abgeblättertem Putz.

Erst wenn es wehtut, wird es wirken.

»Nie im Leben, da spiel ich nicht mit!«

Auf der Fahrt von Genf zurück nach Fretting war es um alles oder nichts gegangen; ich hatte mit den Fäusten gegen die Scheiben des Cadillacs getrommelt und geschrien.

»Du undankbarer Fratz«, rief meine Mutter nach hinten, »warum führst du dich hier auf wie eine Verrückte?«

»Weil ich nicht unter Millionärstöchtern leben will!«

»Was soll das heißen – sind dir deine Straßenfreunde etwa lieber?!«

Ich wusste, dass ich meine geplante Abschiebung in das Sechs-Sterne-Resort jetzt sofort verhindern musste, sonst war es möglicherweise für immer zu spät. Ich wollte nicht zu einer zukünftigen Industriellengattin geschliffen werden. Ich wollte mir keinen eigenen Medikamentenschrank zulegen müssen. Ich wollte eine brauchbare Wirklichkeit finden.

Schockiert über meine Reaktion, entschied meine Mutter nach unserer Rückkehr, dass sie mich in das billigste Internat schicken würden, das zur Auswahl stand. Es lag oberhalb eines Ortes namens Nordberg und war acht Autostunden von uns entfernt. Viele Bauern aus der Umgebung gaben ihre Töchter unter der Woche hierher, weil sie neben ihrer Arbeit keinen Kopf für gymnasiumtaugliche Kinder hatten.

Wir sprachen bei der Direktorin vor, einer grobknochigen Frau um die fünfzig. Sie saß im ersten Stock ihres Büros hinter einem ausladenden Schreibtisch und strahlte die Zufriedenheit einer Schlachthofbesitzerin aus. Ganz offensichtlich musste man sich hier nicht durch gute Betragensnoten, die man in anderen Schulen erworben hatte, qualifizieren.

»Wir haben unsere Mädchen gut im Griff«, sagte sie und lächelte dabei selbstgefällig zuerst meinen Stiefvater und dann meine Mutter an. Mich ignorierte sie, was mir nur recht war. Nach zehn Minuten war alles gesagt.

»Ich schicke Ihnen jetzt die Erzieherin, der Ihre Tochter zugeteilt ist, damit sie Ihnen die Schule und das Wohnhaus zeigt«, sagte sie zum Abschluss und bat uns hinaus auf den Gang. Kurz darauf kam eine flachsblonde Walküre auf uns zu. Die Direktorin stellte sie uns als Frau Brühlmayer, die Erzieherin meiner Klasse, vor. Dann schüttelte sie jedem von uns eilig die Hand und verabschiedete sich. Brühlmayer ging mit uns die Stiegen hinunter. Zuerst präsentierte sie uns die wichtigsten Lehrräume, dann den großen Speisesaal.

»Scheint alles original Jugendstil zu sein«, murmelte

meine Mutter beim Anblick der hohen Fenster und der Stuckarbeiten an der Decke.

Als wir fertig waren, begleitete uns Brühlmayer nach draußen und erklärte meinem Stiefvater den Weg zum Haus mit den Schlafräumen. Sie fuhr mit ihrem eigenen Wagen vor, wir hinter ihr her.

Das Gebäude lag nicht auf dem Schlossgelände, sondern einen Kilometer entfernt auf einem Hügel, und war eine ehemalige SS-Fliegerschule. Die Geschichte seiner Architektur war in der Broschüre kein Thema gewesen. Auch später sollte davon nie wieder die Rede sein. Brühlmayer hatte es bei unserem Rundgang beiläufig in einem Nebensatz erwähnt, so wie der Concierge eines Hotels kurz darauf hinweist, dass die Getränke der Minibar extra kosten.

Ich war überrascht, wie hässlich alles war. Schmucklose Fenster, abgewetzte Steinböden, weiß gekachelte Massenwaschräume. Nirgendwo Farbe oder ein Bild. Fehlende Anhaltspunkte. Nichts ist verstörender als das Nichts.

Wir stellten das Gepäck in meinem neuen Zimmer ab. Während sie sich auf dem Parkplatz von mir verabschiedete, streichelte mir meine Mutter über die Wange; ich ließ es geschehen, starrte dabei aber demonstrativ auf einen Punkt hinter ihr. Dann stiegen sie und der Cadillacfahrer in den Wagen und fuhren ab – in meiner Erinnerung war das für längere Zeit das Letzte, was ich von ihnen sah oder hörte.

Meine neue Erzieherin begleitete mich zurück ins Haus. Während wir im Gang nebeneinander hergingen, schaute ich vorsichtig von der Seite zu ihr hinauf. Sie hatte ein auffallend rotes Gesicht. Ihre blaurote Nase ließ an Bluthochdruck und nach im Schrank versteckten Cognacflaschen denken. Kurz vor meiner Tür blieb sie stehen.

»So, und jetzt weihe ich dich noch in die Hausordnung ein.« Hinter ihr schleppten zwei Mädchen unter lautem Gepolter ihre Koffer durch den Gang. Sie ließ sich davon nicht beirren und fuhr fort:

»Bei uns wird aufgegessen. Nach zweiundzwanzig Uhr ist Bettruhe, wer danach heimlich mit der Taschenlampe liest, bekommt Ausgangsverbot. Wer beim Zigarettenrauchen erwischt wird, fliegt von der Schule. Zweimal in der Woche habt ihr zwei Stunden Ausgang und dürft hinunter in den Ort gehen. Wer nicht pünktlich zurück ist, bekommt ein Disziplinarverfahren. Im ersten Stock gibt es einen Telefonapparat mit Münzeinwurf, der auf Anfrage benutzt werden darf.«

Zum ersten Mal seit Beginn ihrer Ansprache holte sie richtig Luft.

»Schönen Abend noch.«

Als ich in mein neues Schlafzimmer kam, wirkte es bereits voll. Ich musste es mir mit drei Klassenkolleginnen teilen, und zwei davon waren so dick, dass sie nur in den unteren Abteilen der beiden Stockbetten liegen konnten. Mit ihren kurzgeschnittenen Haaren und ihrer rosa gefleckten Haut erinnerten sie mich an die sprechenden Schweine aus Orwells *Animal Farm*. Noch nie zuvor hatte ich solche Menschen aus der Nähe gesehen. Eine der beiden Dicken lag auf ihrem Bett, die andere Dicke und eine Schlanke saßen in der Mitte des Raumes um eine Art Zwergentisch herum. Morgen begann für uns alle das sechste Schuljahr.

Ich sah mich um. Die beiden Stockbetten, der Tisch und

die Stühle waren aus klobig zugeschnittenem Buchenholz, die Türen der Schrankwand aus ehemals weiß gestrichenen, jetzt aber stark vergilbten Pressspanplatten. Jedes Mädchen musste seine eigene Bettwäsche und seine eigenen Handtücher mitbringen. Wie ich später auch in den anderen Zimmern feststellen konnte, waren dies fast ausnahmslos Variationen von ausgewaschenen Clown-Mustern auf Jersey- und Flanell-Laken. Herkömmlich gewebter Baumwollstoff, womöglich noch unifarben, wurde von den meisten Eltern wohl als zu pflegeintensiv abgelehnt. Das Bett oben links war noch frei und daher meines.

Kurz vor zehn hörte man Frau Brühlmayer durch den langen Gang stampfen. Sie ging mit einer Liste in der Hand von Zimmer zu Zimmer. Auch bei uns kontrollierte sie die Anzahl der Anwesenden und löschte das Licht.

»Ruhe jetzt! Oder wollt ihr gleich mit einer Eintragung in mein Betragensheft das Schuljahr beginnen?«

»Natürlich nicht«, riefen die beiden Dicken aus den unteren Betten hervor und kicherten.

»Das will ich hoffen. Gute Nacht allerseits.«

Es wurde still. Bald darauf hörte man die rosa Schweinchenfrauen leise und regelmäßig atmen. Kalte Schatten huschten über die Wände. Inständig hoffe ich, dass sie nicht anfangen würden, sich zu bewegen. Noch lange lag ich mit offenen Augen da und starrte ins Leere.

Ich war die Neue. Ich nahm mir vor, das System zu begreifen und mich bestmöglich anzupassen. Gleich morgen würde ich damit beginnen.

Ein dumpfes Donnern, das immer lauter wurde, riss mich aus dem Schlaf. Stimmen, die näher kamen. Unsere Zimmertür wurde aufgerissen, das große Deckenlicht ging an, und jemand brüllte:

»Halb sieben, aufstehen!«

Es war Brühlmayer, die bereits fixfertig angezogen war. Als sie in meine Richtung sah, legte sie nach.

»Gesicht waschen, Zähneputzen, hopphopp.« Sie drehte auf dem Absatz ihrer festen Schuhe um, um sich die übrigen Zimmer vorzunehmen.

Sobald sie uns den Rücken gekehrt hatte, purzelten die beiden Dicken aus ihren Betten, klemmten sich ihre Necessaires unter den Arm und walzten in seltsamer Einigkeit Richtung Waschräume. Ich sah zu, wie im gegenüberliegenden Stockbett die kleine Schlanke über die Holzsprossen nach unten kletterte.

»Mach dir nichts draus«, sagte sie, »du gewöhnst dich dran. Schau nur, dass du nicht zu spät hinunter zum Frühstück kommst, sonst machen sie dir den ganzen Tag Probleme.«

Durch die Voilevorhänge vor unserem Fenster fiel schwach das erste graue Tageslicht.

Ich folgte der Schlanken in den Waschraum. An gegenüberliegenden Wänden waren je zehn eckige Waschbecken in einer Reihe angebracht, oberhalb der weißen Kacheln war über die ganze Breite des Raumes eine etwa fünfzig Zentimeter hohe Spiegelfläche montiert. Früher hatten sich hier wahrscheinlich Soldaten ihre kantigen Gesichter glattrasiert. Sicher war der Spiegel inzwischen längst erneuert worden, aber man hatte sich dabei an das ursprüngliche Höhenmaß gehalten. Jetzt mussten sich die kleineren Mädchen auf Zehenspitzen stellen, um sich beim Kämmen wenigstens bis zur Nasenspitze darin sehen zu können. Links ging es weiter zu den Duschen, rechts zu den Toiletten.

Das Schlimmste war der Geruch. Wie abgestandenes Sauerkraut schob er sich lauwarm und beißend in die Nase, nicht einmal die vielen geöffneten Zahnpastatuben kamen dagegen an. Die schlechte Luft ließ auch die pastellfarbenen Pyjamas und Morgenmäntel der Mädchen fahl und hässlich erscheinen. Wahrscheinlich wechselten sie ihre Kleidung zu selten.

Ich putzte mir die Zähne, während ich die anderen bei ihrer morgendlichen Routine beobachtete. Mir fiel auf, dass einige meiner Mitschülerinnen schon erstaunlich verbraucht wirkten. Ich sah sie im Spiegel neben mir stehen und malte mir aus, wie sie in zehn Jahren müde und verbittert in einem Espresso sitzen und Cognac trinken würden.

Bis jetzt erschien mir meine neue Existenz wie eine Filmszene, die man später herausschneiden würde, weil sie unbrauchbar war.

Ich ging mit einer Gruppe von Klassenkolleginnen mit, gemeinsam machten wir uns auf den Weg hinunter ins Schloss. Es war nicht weit, doch der Kies unter unseren Schuhen war feucht, und wir mussten aufpassen, damit wir nicht ausrutschten. Brühlmayer ging ein Stück vor uns. Links und rechts glänzte das Gras petrolfarben unter dem Morgentau. Unser Atem verdichtete sich mit dem Atem der Wiesen und machte die Luft unklar. Ich dachte daran, dass ich um diese Zeit vor einem Jahr zum ersten Mal mit einem

Mann geschlafen hatte. Er nannte sich Charly und war ein Freund von Wolfgang. Obwohl ich noch nie etwas von ihm gehört hatte, hatte Charly eines Tages bei mir zu Hause angerufen und mit heiserer Stimme in den Hörer gesprochen. Am Hall und an den fernen Straßengeräuschen war zu erkennen, dass er von einer Telefonzelle aus sprach.

»Wolfgang hat auf der letzten Klassenfahrt viel von dir gesprochen. Komm am Freitag um vier Uhr auf die Brücke hinter dem Bahnhof, ich will dich kennenlernen.«

Ich fand die Aktion so verwegen, dass ich zusagte.

Ein paar Tage später stand ich mit meiner Schultasche auf der Brücke und sah auf die Bahngleise hinunter. Nach fünf Minuten kam Charly. Er war fast so klein wie ich und hatte schulterlanges schwarzes Haar, das der Wind durcheinanderwirbelte. Als wir uns gegenüberstanden, konnte ich sehen, dass er mehrere Silberketten und Lederbander um den Hals trug und seine Augen mit schwarzem Kajal schminkte. Ein Pirat, der sich für mich interessierte – ich war hingerissen. Wir gingen in das nächstgelegene Café.

Worüber wir uns unterhielten, weiß ich nicht mehr. Es war ohnehin nicht von Belang. Ich war noch nicht einmal fünfzehn, und er musste mindestens siebzehn sein. Und er wollte mich. Was genau er eigentlich von mir wollte, so weit gingen meine Überlegungen nicht. Die Aussicht, endlich von jemandem erkannt zu werden, ließ den kleinen Charly mit seinen geschminkten Augen in meiner Vorstellung zu gottgleicher Größe anwachsen.

Zwei Wochen später sagte ich zu Hause, dass ich von Samstag auf Sonntag bei einer neuen Freundin schlafen würde. Das stimmte sogar, denn ich schlief tatsächlich bei einer, nur kannte ich sie noch nicht. In Wirklichkeit war sie eine Freundin von Charly, und er hatte alles arrangiert. Sie schlief auf dem Sofa, und wir durften in ihrem Zimmer übernachten. So eine Aktion übertraf in der Welt meiner Erziehungsberechtigten alle Drogenerfahrungen, die ich bisher gemacht hatte. Zumindest, wenn sie davon gewusst hätten. Ein vierzehnjähriges Mädchen, das seine Jungfräulichkeit für irgendeinen Dahergelaufenen, so würden sie sich ausdrücken, wegschmiss, statt sich für etwas Standesgemäßes mit Zukunftsoption aufzusparen. In ihren Augen wurde man dadurch zu beschädigter Ware, was mir allerdings ziemlich gleichgültig war. Das war ich ja ohnehin, von Anfang an.

Wir saßen auf dem Bett der Freundin, und Charly zog nachdenklich an einer filterlosen Gauloise. Er blies den Rauch in Richtung Deckenlampe, die aus mehreren orangefarbenen Plastikkugeln bestand.

»Wenn ich gewusst hätte, dass du so etwas noch nie gemacht hast«, sagte er mit seiner heiseren Stimme, »hätte ich mich wahrscheinlich nicht darauf eingelassen.« Er schüttelte langsam den Kopf. »Ganz ehrlich, ich mach so etwas gar nicht gern.«

Ich hatte mir das Ganze anders ausgemalt, mehr als ein Feuerwerk der Gefühle, die mir und meinem Leben eine neue Richtung geben würden. Aber da bei uns zu Hause alles, also auch diese Dinge, einen Preis hatten, kannte ich mich mit dem Unfassbaren nicht wirklich aus. Das würde sich dann vielleicht später einstellen. Ich stand auf und begann mich wie für die Ballettstunde auszuziehen. Ordentlich legte ich ein Kleidungsstück nach dem anderen über einen Sessel, der vor dem Fenster stand.

Nachdem ich mich nackt auf das Bett gelegt hatte, legte sich Charly auf mich drauf. Verblüfft sah ich uns dabei zu. Warum bloß, fragte ich mich, konnte sich etwas so trostlos anfühlen, das in meiner Vorstellung ein so guter Plan gewesen war. Auf eine abstrakte Art fand ich das, was hier gerade passierte, trotzdem groß. Was genau, wusste ich nicht, aber *etwas* war danach anders.

Als ich am Sonntagnachmittag nach Hause kam, fürchtete ich, dass irgendjemand die Veränderung an mir bemerken würde. Zum Glück waren meine Mutter und der Cadillacfahrer auswärts zum Bridge-Spielen; meine Schwester war im oberen Garten mit dem Suchen ihrer Schildkröte beschäftigt. Ich wartete, bis es dämmerte, und ging früh zu Bett.

Eine Woche später traf ich mich mit Charly zum Spazierengehen am See. Dabei erklärte er mir, dass sich seine Freundin mit der Wohnung aufgeregt hätte – »und das ja wohl ganz zu Recht« – schließlich sei doch ihr ganzes Bettzeug blutig gewesen. Währenddessen sah er angewidert hinunter auf meine Füße. Ich trug gelbe Stoffsandalen.

»Die Dinger sind ja schrecklich, zieh die bitte sofort aus.«

Ich gehorchte und löste die Bänder von meinen Knöcheln. Dann nahm er die Schuhe und schmiss sie in hohem Bogen in den See. Ich fand die Aktion sehr mutig und ging stolz mit bloßen Füßen den ganzen Weg zurück nach Hause ins Schloss. Wann würde je einer dieser gekämmten Söhne der Geschäftsfreunde meines Stiefvaters, die ich im Laufe der Jahre kennengelernt hatte, neue Schuhe in einen See werfen? Einer von ihnen, François aus Lyon, hatte mir sogar einen langen Brief geschrieben, in dem in komplizierten französischen Schachtelsätzen viel von ihm und mir die Rede war. Dazu hatte er ein Foto von sich auf einem Motorrad ins Kuvert gesteckt. Ich verstand nicht, was er von mir wollte.

Für mich war dieser Nachmittag am See Beweis genug, dass ich mit meiner Vermutung richtig gelegen hatte: Junge Männer, die Rechtswissenschaft studieren wollten, um später in das Business ihrer Väter einzusteigen, lebten auf einem Planeten, den ich nicht kennenlernen wollte. Junge Männer hingegen, die das Ungewöhnliche suchten, versprachen neue, bessere Zusammenhänge.

In der kommenden Woche waren Charly und ich wieder an derselben Stelle verabredet. Diesmal saßen ein paar Angler am Ufer. Im Vorbeigehen sah ich auf der Wiese fünf Forellen liegen. Erschrocken starrte ich auf die bewegungslosen Körper. Ihre Schuppenhaut schillerte noch frisch unter der Sonne, nur die Augen starrten bereits leer in den Himmel. Es war früher Nachmittag, und das Gras leuchtete in hellem Maigrün. Darauf die grau-violett glänzenden Fische. Die Kombination der beiden Farben schmerzte beim Hinsehen in den Augen, ich fand sie falsch und geschmacklos. Warum, weiß ich nicht, aber noch heute habe ich Angst, plötzlich Fische im Gras liegen zu sehen.

In meiner Brust hämmerte es, als ich ihn kommen sah. Wir setzten uns abseits von den Anglern auf eine Bank. Um ihm zu gefallen, hatte ich mir ebenfalls viele von diesen feinen Silberketten und Lederbändern besorgt und um den Hals gehängt.

»Seit wann trägst du so viel Schmuck?«, fragte er und verzog dabei den Mund.

Ich sah verlegen weg.

Dann nahm Charly meine Hand und sah mir in die Augen.

»Ich hab eine andere kennengelernt. Sie ist schon sechzehn, darf Mofa fahren und von ihren Eltern aus bei mir übernachten. Da ist alles einfacher, das musst du verstehen.«

Ich verstand gar nichts. Der Wind blies vom See her über die Uferpromenade. Charly zündete sich umständlich eine Gauloise an. Ich dachte an die großen Farne und die angenehm kühle Luft an der Nordseite unseres früheren Wohnhauses.

Von diesem Moment an waren alle Farben in unserer Stadt eine Spur zu grell. Die scharfkantige Architektur der Häuser lehnte sich gegen den helioblauen Himmel auf. In unserem Rosengarten wurde die puderfarbene *Orsola Spinola* durch eine Armee von titangelben *Rosa Friesia* ersetzt. Meine Mutter trug ihr kunstvoll auftoupiertes Haar plötzlich kupferrot. Es gibt eine Fotografie von ihr, auf der man sie bei Sonnenlicht von unserer Terrasse hinunter in den Park gehen sieht. Sie trägt ein weißes Leinenkostüm, um die Taille einen goldenen Gürtel, dazu weiße Pumps. Was diese Fotografie so komisch macht, ist, wie die künstliche Farbe ihrer Haare gegen das Grün der Bäume und Sträucher ankämpft.

Das alles geschah an einem einzigen Tag, und es schien so, als würde es alle Bewohner betreffen. Im Nachhinein wirkte es sogar so, als hätte sich parallel zur Schärfe der Farben auch unser Denken und Atmen um ein bis zwei Grad nach oben verschoben. Die Menschen standen weiter hinter ihren Gartenzäunen, aber in meiner Erinnerung lächelten sie dabei nicht mehr mild in die Welt hinaus, sondern blickten rastlos ins Leere.

Der Speisesaal der Nationalen Lehr- und Erziehungsanstalt war in lange Tische unterteilt. Jede Klasse hatte ihre eigene Tafel, an deren Kopfende die dazugehörige Erzieherin saß. An der Wand stand eine Anrichte mit Brot, Butter, Marmelade und Getränken. Ich hatte keinen Hunger. Ich schaute mir die Mädchen an unserem Tisch an. Meine dicken Zimmernachbarinnen machten auch hier alles synchron. Zuerst stellten sie ihre Schultaschen nebeneinander auf ihren Sitzplätzen ab, dann gingen sie gemeinsam Kaffee holen. Links von Frau Brühlmayer saß eine attraktive Schwarzhaarige, die immer wieder zu mir herübersah. In ihren veilchenblauen Augen schienen sich kleine, spitze Kristalle zu spiegeln.

»Das ist Regina«, sagte das dünne Mädchen aus meinem Zimmer. »Die kennt ihren Vater nicht.«

Während des Frühstücks gab sie mir auch für alle anderen am Tisch eine Kurzbeschreibung. Eine war »die Zuckerkranke«, eine andere »die, die lauter Einser hat«, eine »die, von der die Mutter plötzlich verschwunden ist« und so weiter.

»Schaut, dass ihr endlich fertig werdet, in fünf Minuten beginnt die erste Stunde«, rief Brühlmayer und klopfte dabei mit ihrer rechten Faust, in der sie noch das Frühstücksmesser hielt, auf die Tischplatte. Ihre rote Gesichtsfarbe ließ sie automatisch wütend aussehen, und das schien die Grundlage ihrer Autorität zu sein. In Windeseile standen alle Mädchen auf und brachten ihre Teller und Tassen zur Ablage für schmutziges Geschirr.

Das Gebäude stammte aus der Zeit um die Jahrhundertwende. Die Gänge waren mit alten farbigen Klinkerfliesen gepflastert, in allen Räumen zeigte der Parkettboden Abnutzungserscheinungen. Auch im Türbereich unseres Klassenzimmers hatten die vielen Fußtritte über Jahrzehnte eine Mulde gebildet, unter den Tischen waren die Bretter vom Hin- und Herrücken der Stühle abgewetzt. Die Wände waren hoch, mit Fenstern, die fast bis zur Decke ragten.

Unsere erste Stunde hatten wir mit Dr. Berger, Professor für Mathematik. Weil die meisten Schülerinnen nicht bemerkt hatten, dass er bereits in der Klasse war, wartete er klein und unscheinbar hinter dem Pult. Er räusperte sich dreimal umständlich und begann zu sprechen. Ich hörte ihm nicht zu, beobachtete lieber die anderen oder sah zum Fenster in den Park hinaus.

In meiner letzten Schule hatte ich von allen Mädchen die meisten Klassenbucheintragungen und die schlechteste Betragensnote gehabt. Diesmal hatte ich vor, es besser zu machen. Ich wollte brav sein. Nein, falsch, ich wollte brav wirken, um nicht mehr ständig in der Schusslinie zu stehen. Niemand hier wusste etwas von mir. Das heißt, ich konnte noch einmal bei null anfangen. Unauffällig brachte ich den ersten Vormittag hinter mich.

Deine Position. Jedes Kind hat, sobald es einmal eine Weile innerhalb eines geschlossenen Systems wie Kindergarten, Schule, Pfadfinder oder Ballett verbracht hat, ein untrügliches Gespür für Hackordnungen. Alles dreht sich darum, wo man innerhalb der jeweiligen Organisation steht. Im Grunde ist es wie im Gefängnis: Ein guter Platz bringt Respekt und jede Menge Vergünstigungen, bei einem schlechten ist man der Idiot für alle.

Als eine schrille Glocke im Gang das Mittagessen ankündigte, machten sich alle aus der Klasse auf den Weg in den Speisesaal. Vor mir ging Regina, umgeben von Freundinnen, die sich sichtlich anstrengten, ihr zu gefallen. Sie trug ihre dunklen Haare stufig bis zum Nacken; eine Kurzhaarfrisur, wie sie der sportliche Frauentyp in den Filmen der fünfziger Jahre hatte. In Kombination mit ihrem hausbackenen grauen Lodenrock wäre dieser Look in den mondänen französischen Badeorten, die ich kennengelernt hatte, als provinziell belächelt worden. Doch davon wusste Regina nichts. Wie eine Königin stolzierte sie zwischen den anderen Mädchen und sah deshalb automatisch umwerfend aus. Immer wieder lachte sie laut auf und warf dabei ihren Kopf in den Nacken. Ich hatte keine Lust, Teil ihrer Fan-Clique zu werden, aber ich beneidete sie, so wie ich alle beneidete, die selbstsicher auftraten. Heimlich studierte ich solche Leute, weil ich gerne gewusst hätte, wie das ging.

Seit ich mich beim Frühstück nicht sonderlich interessiert an ihr gezeigt hatte, bemühte sich Regina als klassisches Alpha-Exemplar, mich zu ignorieren. Die übrigen Mädchen in meiner Klasse waren freundlich, ließen mich aber in Ruhe. Vielleicht fiel einigen von ihnen auf, dass mein Pullover nicht aus Polyester oder grober Schafwolle, sondern aus Kaschmir war, dass meine Schuhe mehr glänzten als die der anderen. Aber ich gab mich unkompliziert und bescheiden, und sie ließen sich nichts anmerken.

Dass ich nichts zum Frühstück gegessen hatte, erwies sich jetzt als schwerer Fehler. Das Mittagessen, das man sich aus großen Blechwannen schöpfen musste, bestand aus bleichen Fleischstücken, die in dicker, grauer Soße schwammen. Dazu gab es klebrige Knödel, in denen glitschige Speckstücke steckten. Ich wusste nicht, dass es solche Speisen überhaupt gab. Ratlos starrte ich auf meinen Teller.

»Hast du etwa vor, das stehenzulassen?«, fragte Brühlmayer in meine Richtung. Regina und ihre Tischnachbarin lächelten sich hämisch zu. »Was man sich bei uns auf den Teller nimmt, wird aufgegessen.«

Es klang wie ein Todesurteil. Während die anderen schon im Studierzimmer ihre Hausaufgaben machten, saß ich noch immer mit Brühlmayer im Speisesaal und würgte die Pampe hinunter.

»Siehst du, es geht ja.«

Ich ging aufs Klo kotzen.

Der Nachmittag zog sich. Ich mochte den Geruch der alten Schultische und der verglasten Bücherschränke im Studierzimmer. Ganz vorne saß unsere Deutschprofessorin zur Aufsicht. Das Elementarste hier in der Anstalt war, wie ich schon bald feststellen sollte, die Aufsicht.

»Wer hat Aufsicht?«, hörte man ständig das Lehrpersonal oder die Erzieherinnen beim Anblick einer Gruppe von Schülerinnen fragen. In der Fliegerschule hatte Brühlmayer in unserem Fall diese Aufgabe, genauso wie im Speisesaal. In der Klasse und im Studierzimmer war sie dafür laut Anstaltsregelung nicht qualifiziert genug, da musste eine Professorin übernehmen. Draußen im Park teilten sich Erzieherinnen und Lehrkörper diese Aufgabe, weshalb es hier an guten Tagen zu Verwechslungen oder Ungereimtheiten kam. In diesem Fall war man manchmal eine Stunde lang *nicht unter Aufsicht,* was offiziell einer Katastrophe gleichkam, im Idealfall aber nicht weiter auffiel. Man musste den Ball nur richtig spielen.

»Und wer hat eure Aufsicht?!«

Wenn man zu einer der hinteren Baumgruppen schlenderte und auf dem Weg dorthin an einer Lehrerin oder Erzieherin vorbeikam, nannte man am besten immer die andere, gerade nicht anwesende als Aufsichtsperson.

»Aufsicht hat Frau Professor … Direktor … Erzieherin …«

Wir ahnten, dass sich die meisten Erwachsenen untereinander nicht besonders mochten und daher später so gut wie nie nachfragen würden.

»Sie ist eigentlich eine Gräfin«, flüsterte mir Irene, die neben mir saß, zu. Dabei deutete sie auf Frau Hohenberg, unsere Deutschprofessorin.

»Jahrelang soll sie heimlich mit dem früheren Schuldirektor, der verheiratet ist, liiert gewesen sein. Wohnen tut sie bei uns oben in der Fliegerschule.«

Was, fragte ich mich, war von Anfang an falsch gelaufen in einer Biografie, wenn man als Erwachsene nicht nur den ganzen Tag Kinder unterrichtete und beaufsichtigte, sondern auch privat nur ein Zimmer in einem Internat bewohnt? So wollte niemand enden.

Wo würde ich später einmal leben? Wie schon so oft fiel

mir auf diese Frage keine Antwort ein. Durch das offene Fenster hörte man einzelne Vögel aus den Buchen heraus klagen. Jeder singt sein Lied.

Ich dachte an die Leute in unserer Kleinstadt. An meine Krankenschwester vom vorletzten Sommer, die jetzt offiziell lesbisch war und eine neue Freundin hatte. Die ich bei meinem letzten Besuch in der Disko aber trotzdem wild küssend mit Wolfgang sah. Die sich ihre langen blonden Haare an den Schläfen wegrasieren hatte lassen.

Ich dachte an Tamara, mit der ich mich an einem Samstag um Mitternacht heimlich an der großen Kreuzung unten in der Stadt getroffen hatte. Mit der ich von dort auf dem Mofa ihres älteren Bruders vor ihre Schule gefahren war. Es war die Klosterschule, in der man mich mit zehn Jahren nicht aufgenommen hatte, weil meine Eltern geschieden waren. Die Klosterschule, auf deren Mauern wir in dieser Nacht mit schwarzen Spraydosen in großen Buchstaben *Nonnendiktatur fuck off* sprühten. An Tamara, die mich hinterher wochenlang vor ihren Freunden lächerlich gemacht hatte, weil ich auf meinen Teil der Mauer *fack off* geschrieben hatte. Mir war der Ausdruck bis dahin nicht geläufig gewesen. Tamara, die auch Charly, meinem Entjungferer, der vor meiner Zeit einmal ihr Freund gewesen war, davon erzählt hatte und dem wir gemeinsam vor der Garderobe vom *Café Galeria* über den Weg gelaufen waren. Ich dachte daran, dass mir während dieser kurzen Begegnung plötzlich so übel geworden war, dass meine Knie fast versagt hätten, weshalb ich, ohne mich von einem der beiden zu verabschieden, das Lokal verlassen hatte und nach Hause gelaufen war.

Um vier Uhr am Nachmittag durften wir das Studierzimmer verlassen und in den Speisesaal gehen, wo in großen braunen Thermoskannen Früchtetee bereitstand. Dazu gab es Sandkuchen, der so trocken war, dass man jeden Bissen mit Flüssigkeit nachspülen musste. Irgendwann sah Frau Professor Hohenberg auf die Uhr.

»So, ihr habt jetzt eure Parkstunde«, sagte sie

Ich hatte keine Ahnung, was damit gemeint war, und folgte einfach den anderen hinaus ins Freie.

»Die Parkstunde«, erklärte mir Irene, während wir am Springbrunnen in der Auffahrt vorbeischlenderten, »dauert so ein- bis eineinhalb Stunden. In der Zeit kannst' dich hier draußen frei bewegen.«

Ich fand, dass Irene von allen Mädchen das interessanteste war. Sicher, Regina sah mit ihrer Kombination aus milchweißer Haut, schwarzen Haaren und Augen, die an die eisige Schönheit eines Gebirgssees erinnerten, aufregender aus. Die Schönheit von Irene machte aus, dass es ihr scheinbar vollkommen egal war, ob jemand sie gut fand oder nicht. Ihre Jeans schlotterten beim Gehen um ihre knochigen Hüften, und bei jeder Bewegung wippten um ihren Kopf braune, schulterlange Locken auf und ab. Dazu blinzelte sie durch runde John-Lennon-Lesebrillen, ein Modell, das damals mehr als altmodisch war. Sie schminkte sich nicht, und obwohl sie von einem Bauernhof aus der Gegend stammte, hatte sie die schlechteste aller Gesichtsfarben, graugelb. Ihre Ambitionen, als Frau wahrgenommen zu werden, waren offensichtlich gering.

»Wo wirst du deine Wochenenden verbringen?«, fragte

sie, nachdem wir uns auf eine Bank im hintersten Teil des Parks gesetzt hatten. »Ich fahr immer nach Hause«, sagte sie, »aber in deinem Fall ist das sicher zu weit.«

»Ich habe eine Großmutter in Wien«, sagte ich, was stimmte. Und dann log ich: »Am Wochenende werde ich immer zu ihr fahren.«

Ich wusste, dass ich die strengen Regeln hier ohne gelegentliche Fluchtmöglichkeit nicht durchhalten würde. Nur die absoluten Loser blieben übers Wochenende im Internat, da konnte ich mich gleich umbringen. Im Laufe des Tages war ein Plan in mir gereift.

Ich wartete bis Mittwoch, der erste Tag, an dem wir Ausgang hatten. Nach der Studierstunde meldete ich mich mit Irene und zwei Freundinnen, mit denen sie sich das Zimmer in der Fliegerschule teilte, bei Frau Brühlmayer ab. In fünfzehn Minuten waren wir zu Fuß unten im Ort.

Alle Städtchen in der Provinz gleichen sich. Auch hier war es genau so, wie ich es mir, ohne je einen Fuß auf den Nordberger Asphalt gesetzt zu haben, ausgemalt hatte: Hauptplatz mit Kreisverkehr, um ihn herum herausgeputzte historische Wohnhäuser mit lieblichen Dachgiebelchen, in deren Erdgeschoss sich alles für den täglichen Lebensbedarf findet. Der Bäcker, der Fleischhauer, die Trafik, die Sportboutique, die Papierhandlung, das Wirtshaus, das erste Café am Platz. Man brauchte nicht lange zu suchen.

Wir kauften uns Zigaretten und setzten uns an einen Tisch draußen vor dem Café. Während die anderen bestellten, machte ich einen Abstecher in das Schreibwarengeschäft und besorgte mir anständiges Briefpapier. Den Rest der Zeit rauchten wir eine Memphis nach der anderen, hier unten im Ort konnte es einem die Internatsleitung nicht verbieten. Gierig zogen wir an und bliesen den Rauch in die Luft, beobachteten glücklich die aus glühender Asche aufsteigenden Kringel. Die beiden Zimmernachbarinnen von Irene erzählten von einem Jazz-Konzert in irgendeinem Kuh-Kaff, das sie am Wochenende besuchen wollten. Die Karten dafür hatten sie sich schon vor Wochen organisiert.

»Kannst' dich an die Platte erinnern, die wir gestern Abend in unserem Zimmer aufgelegt haben?«, fragten sie. »Das war Jethro Tull, und ebendie werden spielen.«

Ich hatte noch sein nerviges Querflötengedudel im Ohr.

»Hört ihr nur Jazz?«, fragte ich vorsichtig.

»Nein, manchmal auch Reggae.«

Am nächsten Tag schrieb ich in der Studierstunde mit verstellter Handschrift einen möglichst überzeugenden Brief:

Sehr geehrte Schulleitung,
hiermit möchte ich Sie davon in Kenntnis setzen, dass meine liebe Enkelin ihre Wochenenden in Absprache mit ihren Eltern bei mir verbringen wird. Ich erwarte sie an jedem Freitagabend am Bahnhof und werde selbstverständlich dafür sorgen, dass sie sonntags pünktlich zurück in der Schule ist.
Mit den allerbesten Grüßen,
Helene Schubert
Traletzkygasse 17/4
1030 Wien

Den Stil der Handschrift hatte ich so gewählt, wie ich mir vorstellte, dass eine Frau wie meine Großmutter schreiben würde – in den Augen der Direktorin. Ich hatte Übung, schließlich hatte ich schon in der Schule bei uns zu Hause für etliche Mitschüler die Unterschriften ihrer Eltern gefälscht. Bei einem ganzen Brief wie diesem ging es nun nicht darum, einen Schriftzug zu kopieren, hier fehlten ja zum Glück die Vergleichsmöglichkeiten. Es ging darum, ein authentisches Gesamtbild abzuliefern. Es war nicht schwer, man musste sich nur möglichst gut in das Alter einer Person, die Epoche ihrer Blütezeit und ihre Tätigkeit hineindenken. Natürlich schrieb ein vierzigjähriger Arzt anders als eine fünfundsechzigjährige Hausfrau, bei der wiederum alles von ihrem gesellschaftlichen Hintergrund abhing.

Ich war mit dem Ergebnis zufrieden. Vorsichtig faltete ich den Bogen Papier und legte ihn in das mit hellblauem Seidenpapier gefütterte Kuvert, das ich im Ort gekauft hatte. Ich musste daran denken, wie ich früher im Haus meiner Großeltern immer *Büro* gespielt hatte. Stundenlang hatte ich erfundene Krankheiten und Medikamentenverordnungen auf kleine weiße Papierblöcke gekritzelt und mit einem Datumsstempel aus einem Post-Spiel für Kinder versehen. Bis eines Tages mein Großvater aufgeregt in die Küche kam, mir einen dieser Zettel vor die Nase hielt und mich dabei anschrie: »Welcher Arzt hat dir dieses Rezept ausgestellt?!«

Nun kam der schwierigste Teil. Für die Sonderregelungen von Wochenenden musste man bei der Direktorin vorsprechen, was eine Bitte um Vorsprache bei der jeweiligen Erzieherin vorausschickte. Brühlmayer informierte die Direktion im ersten Stock des Schlosses, dass *die Neue* um einen Termin ansuchte. Zwei Stunden später wurde ich hinaufgerufen.

»Warte, bis du hereingeholt wirst«, sagte Brühlmayer.

Oben musste ich eine weitere Dreiviertelstunde warten, dann endlich ging die Tür auf, und die Direktorin kam auf mich zu. Mit eisernem Druck schüttelte sie meine Hand und holte mich in ihr Büro hinein.

»Wie hast du dich eingelebt?«, schrie sie, während sie sich wieder hinter ihren Schreibtisch setzte. Hier war Soldatendisziplin gefragt.

»Danke, gut«, antwortete ich so zackig wie möglich und sah ihr dabei fest in die Augen. »Dürfte ich Ihnen dieses Schreiben meiner Großmutter übergeben«, sagte ich und bewegte mich mit ausgestrecktem Arm, in dessen Hand das Kuvert lag, zwei Schritte auf ihren Schreibtisch zu. Mein Herz klopfte bis zum Hals, während ich zusah, wie sie den Lügenbrief öffnete und zu lesen begann.

Das ganze Zimmer war mit Holz vertäfelt und mit Perserteppichen ausgelegt. Die Direktorin trug ein flaschengrünes Kostüm, sah darin aber trotzdem aus wie das, was Erwachsene einen *gestandenen Mann* nannten.

Endlich sah sie auf und sagte in deutlich milderem Ton:

»Gut, dann lass deine Großmutter schön grüßen.«

Feierlich legte sie den Brief in eine Mappe, auf der mein Name stand. Ich war entlassen.

Flächen von Indigo und Preußischgrün wechselten einander hinter der Scheibe des Waggon-Fensters ab. Ein Ort wie der andere, dazwischen nichts als Wälder. Langsam verschwand die letzte Herbstsonne hinter den Bergen, ich kannte ihre Namen nicht.

In Attnang-Puchheim musste ich in einen schnelleren Zug umsteigen. Auf dem Weg von einem Gleis zum anderen versuchte ich von einer Telefonzelle aus Freunde zu erreichen, die seit kurzem in Wien studierten und dort zusammen eine WG bewohnten. Ich musste irgendwo übernachten, und mehr als diese eine Adresse hatte ich fürs Erste nicht. Ich ließ es zehnmal läuten, doch niemand hob ab.

Endlich fuhr der Zug in den großen Bahnhof ein. Einen LSD-Trip durchzustehen ist eines. In der Provinz aufzuwachsen und sich zum ersten Mal allein in einer Großstadt zurechtzufinden etwas anderes. Als ich ausstieg, fiel mir auf, dass ich gar nicht wusste, wie das ging. Sicher, ich konnte in Paris ein Taxi bestellen und in Biarritz den Weg vom Hotel zur Strandpromenade finden. Nur U-Bahnfahren in Wien, das traute ich mich nicht.

Ich verließ das Gebäude und sah mich um. Das Fehlen von Farben verblüffte mich. Straßen, Gebäude, Leute, Dreck und Tauben – alles war in Grautönen gehalten. Das Gesetz der Nichtfarben. Mein erster Impuls war, dass man an so einem Ort nur Bands wie die Ramones oder die Dead Kennedys hören konnte. Auch die Mädchen aus der Schule hätten hier in kürzester Zeit Jethro Tull gegen die Ramones eingetauscht. *Shoot'em in the back now ... they're all revved up and ready to go.*

Ich stand an einer vierspurigen Straße und fürchtete mich vor dem Verkehr. Gleichzeitig war ich gespannt auf alles, was mit den Gesetzen der Stadt in Verbindung stand. Ziellos ging ich eine Weile zu Fuß, dann hielt ich ein Taxi an.

Als ich vor dem Haus ausstieg, in dem sich laut Adresse die WG befand, war es schon dunkel.

»Du hast wirklich Glück, dass jemand von uns daheim ist«, sagte eine unbekannte Frau im Türeingang. Sie musterte mich von meiner Mütze bis zu den Schuhen, drehte sich um und verschwand im Inneren der Wohnung.

Ich stellte meine Tasche auf dem Boden des langen Ganges ab und sah mich um. Zu beiden Seiten gingen Zimmer ab, die Türen standen überall offen, manchmal gab es auch gar keine. Es waren eigentlich nur kleine Kammern, die meisten voll mit Gerümpel. In einer waren Seile gespannt, an der Wäsche zum Trocknen hing, darunter stand ein Bett, das fast den ganzen Platz einnahm. Alle Zwischenwände waren ab der Hälfte verglast, und jetzt konnte ich sehen, dass hinten weitere, riesige Räume folgten. Das Ganze schien so etwas wie eine ehemalige Fabriksetage zu sein.

Eine einzige Stehlampe am Ende des Ganges gab ein schwaches Licht. Abgesehen von der kreisrund ausgeleuchteten Fläche auf dem Holzboden reichte es gerade aus, um die Konturen der Türstöcke und eines Sessels am Ende des Flurs zu erkennen.

»Seit wann bist du denn da«, hörte ich jemanden in meine Richtung sagen.

In der Kammer mit der Wäsche leuchtete kurz eine Flamme auf. Im Halbdunkel erkannte ich, dass auf dem Bett jemand saß, und als ich näher kam, sah ich, dass es Wolfgang war. Er lächelte mich so beiläufig an, als hätten wir uns erst heute Morgen auf dem Schulhof gesehen.

»Hey«, sagte er.

Er entzündete von neuem die Flamme seines Feuerzeuges und jetzt sah ich, dass er sie unter einen Löffel hielt, dass er das Feuerzeug weglegte, mit der freien Hand den linken Ärmel seines Pullovers hinaufkrempelte, ein Gummiband über den Oberarm wickelte und fest daran zog, eine Spritze nahm, deren Nadel in den Löffel tauchte, während er mit den Zähnen das Ende des Kolbens umschloss und die Flüssigkeit aufzog, den Löffel weglegte, auf die Innenbeuge seines linken Armes klopfte, die Spritze ansetzte und sich das Zeug hineindrückte, die Nadel wieder herauszog, kurz innehielt und die Augen schloss, lange ausatmete, sich dann an irgendeinen Plan zu erinnern schien, die Augen wieder öffnete und binnen weniger Sekunden alle Utensilien in eine Blechschachtel räumte, sie unter das Bett schob und wieder zu mir herübersah.

»Hey …«, sagte jetzt auch ich.

Wir gingen in die Küche. Wolfgang machte Tee. Um den großen runden Tisch saßen die Frau von vorhin und zwei weitere Mitbewohner. Die Frau war die Tochter des Bürgermeisters von Fretting. Sie trug ihre kurzen wasserstoffgebleichten Haare streng nach hinten gekämmt, dazu eine Herrenanzughose und Männerschuhe.

Ich fand es eigenartig, wie desinteressiert und unfreundlich hier alle miteinander umgingen. Das Gespräch schien keine Kategorie zu sein; wenn sie überhaupt ein paar Worte wechselten, dann sahen sie sich dabei hasserfüllt an. Dass sie zusammen wohnten, schien nur daran zu liegen, dass sie alle aus derselben Gegend in der Provinz stammten.

»Wir gehen später alle auf ein Konzert«, sagte die Frau mit den gebleichten Haaren. »Wenn du willst, kannst du auch was haben.« Sie rollte einen Geldschein zu einem Röhrchen zusammen.

»Wir drücken das Zeug nämlich nicht, wir ziehen es«, sagte sie jetzt etwas lauter und sah dabei verächtlich zu Wolfgang hinüber, der mit seiner Tasse in der Hand an der Kühlschranktür lehnte und auf irgendeinen undefinierbaren Punkt an der gegenüberliegenden Wand starrte.

Zum ersten Mal nahm ich Heroin. Drei Minuten, nachdem ich mir eine kleine Straße von dem hellbraunen Pulver in die Nase gezogen hatte, verkrampfte sich mein Magen wie bei einer Fahrt mit der Hochschaubahn. Meine Knie wurden weich und drückten mich in die Hocke, sie fühlten sich plötzlich wie aus Gummi an. Mit letzter Kraft stolperte ich aufs Klo und kotzte den Tee von vorhin wieder aus. Weil der Würgereflex immer wieder kam, setzte ich mich auf den gekachelten Boden und wartete ab. Die Frau mit den gebleichten Haaren kam vorbei.

»Mach dir nichts draus, das vergeht nach einer Stunde, und dann wird es richtig gut.«

Das Angenehme war, dass es mir ganz egal war, wie schlecht mir war, und dass es mir ganz egal war, was diese Frau zu mir sagte. Nichts mehr betraf mich, weder außen noch innen. Nur das Kratzen war lästig, meine Haut kribbelte und juckte am ganzen Körper.

Es war dann auch egal, was für eine Band in dem Club spielte. Wir hatten Pupillen so klein wie Stecknadeln und hätten die Musik so oder so mit Verachtung bestraft. Aber soweit ich es mitbekam, war das ziemlich gut, was sich auf der Bühne abspielte. Ziemlich schwarz und düster. Stroboskope schickten im Takt der Bässe Lichtblitze aus. Das Publikum erwiderte die Anstrengungen der Band mit feierlichem Ernst.

Ich gab jemandem Geld, der mir dafür ein Getränk holte. Selbst war ich dazu nicht mehr in der Lage. Ich konnte mich gerade noch so auf einem Barhocker halten. Dann ging nicht einmal mehr das. Der Lärm, mein Kopf, der Alkohol, mein Magen, alle Einheiten rüsteten sich zu einem großen Kampf. Ich verschwand sicherheitshalber wieder aufs Klo.

Die Toiletten sahen beinahe so aus wie die im Internat, nur dass hier alles mit Filzstift und Spraydosen vollgeschrieben war. Ich sperrte mich in einer Kabine ein, in der an der Innentür *FICKT DAS SYSTEM* und *wir scheißen auf euren beschissenen polizeistaat* stand.

Zuerst versuchte ich noch, auf der Klomuschel zu sitzen, doch dann verließ die letzte Kraft meinen Oberkörper, und ich ließ mich auf den Boden sinken.

Das eigene System. Abwarten, bis es wieder auf Touren kommt.

Die Arbeit des Ein- und Ausatmens.

Das Nichts.

Wie ein verschnürtes Paket lag ich am Boden und sah mir selbst dabei zu. Wie lange wird das andauern? Wie lange darf es das? Ich dachte an meine Zeit mit dem großen Gips im

Spital, an meine Zeit mit den staubigen Vogelwesen. Die Stille in meinem Kopf war jetzt ähnlich wie damals, mein Kopf auf den Fliesen fühlte sich nach Heimat an.

Ganz weit weg registrierte ich Geräusche – Satzfetzen, Türen, die ins Schloss fielen, und fließendes Wasser –, konnte aber nichts davon zuordnen. Ungefähr so, dachte ich mir, muss sich jemand, der am Locked-in-Syndrom leidet, fühlen. Mein Bewusstsein löste sich von meinem Körper und suchte nach Nebeln, um auf ihnen davonzusegeln, doch irgendeine Stimme im hintersten Winkel meines Nervenlabyrinths wollte mich davon abhalten.

Es ist noch nicht so weit, sagte die Stimme, auf Autorepeat gestellt, und es war anstrengend, ihr zuzuhören, denn sie sprach wie durch ein viel zu leise eingestelltes Mikrofon. *Heb dir das für einen größeren Moment auf und komm jetzt zurück.*

»Da bist du ja endlich«, sagte die Frau mit den gebleichten Haaren, »wir wollten schon ohne dich gehen.«

An der Bar standen nur mehr vereinzelte Gäste herum, das Konzert war längst vorbei und alle Instrumente von der Bühne geräumt. Ich trank ein großes Glas Wasser und hatte den Eindruck, dass langsam wieder ein bisschen Blut durch meine Adern floss. Dann gingen wir hinaus, die Straße entlang und hielten Ausschau nach einem Taxi.

Als wir zurück in die WG kamen, spielte Musik. Im großen Zimmer lagen zwei Leute auf dem Doppelbett. Es war Charly mit einer jungen Rothaarigen. Ich hatte nicht gewusst, dass er auch hier wohnte. Ausgerechnet. Ein ganzer Jahrgang unserer Kleinstadt schien in die Fabriksetage zu passen. Aber ja, richtig, ich erinnerte mich wieder. Charly studierte Film. Alle studierten irgendwas, Philosophie, Medizin, Wirtschaft, zumindest pro forma. Nur die Frau mit den blondierten Haaren arbeitete. Sie saß im Büro einer Plattenfirma.

Ich war überrascht, dass einige von ihnen tatsächlich so etwas wie Zukunftspläne hatten. Wenn sie das haben, fragte ich mich, warum müssen sie sich dann mit so vielen Drogen kaltstellen? Wenn man an das Leben glaubt, gegen was muss man dann in den Krieg ziehen und warum? Was bei mir falsch lief, wusste ich nicht. Was meine eigene Zukunft betraf, hatte ich noch immer nicht die blasseste Idee.

Ich übernachtete bei Wolfgang unter den gewaschenen Leintüchern, Socken und Jeans, die von der Wäscheleine hingen. Wie es genau ausging, weiß ich nicht mehr. Ich glaube, wir schliefen einfach ein. Das Einzige, woran ich mich noch deutlich erinnere, waren der Dampf in der Luft und die beschlagenen Glaswände. Das Zimmer war zu klein für so viele nasse Sachen. Am nächsten Morgen klebten auch mein T-Shirt und meine Haare feucht und kalt auf meiner Haut.

Alle Sonntage gleichen einander. Ganz egal, ob man über Wiesen spaziert, Verwandte zum Tee begrüßt oder mit Restdrogen im Blut in einem Zugabteil sitzt: Wie durch ein unsichtbares Leck ist die ganze Woche über Energie abgeflossen. Jetzt sitzt man auf dem Trockenen und hat dem schwellenden Gefühl der Trostlosigkeit nichts mehr entgegenzusetzen.

Der Regionalzug ratterte entlang von Wäldern der Dämmerung entgegen; ich hatte den letztmöglichen genommen, der mich gerade noch rechtzeitig zurück nach Nordberg bringen würde. Mein Mund war trocken. In der Fensterscheibe spiegelten sich meine dunklen Augenringe.

Irgendwann um die Mittagszeit hatten sich alle in der WG aufgerafft und waren zusammen frühstücken gegangen. Nur Charly fuhr mit seiner neuen Freundin, die noch Schülerin war und früh nach Hause musste, in den Zoo.

Wolfgang flog wieder durch seine eigene Welt. Kurz bevor wir die Wohnung verließen, hatte er seine Blechbüchse unter dem Bett hervorgeholt.

»Woher nimmst du eigentlich das Geld für das Zeug?«

Er ließ den Löffel über der Flamme kreisen.

»Frag nicht, es gibt Wege.«

Später saßen wir in irgendeinem neumodischen Szene-Café. Wieder tat jeder so, als ob ihm die anderen völlig gleichgültig wären, einfach so, aus Prinzip. Ich starrte auf meinen Früchteteller, um mir die Zeit zu vertreiben.

Überraschenderweise begleitete mich die Frau mit den gebleichten Haaren dann noch zum Bahnhof. Möglicherweise, weil sie nett sein wollte, vielleicht aber auch nur, weil sie Zigaretten brauchte.

«Falls du nächstes Wochenende wiederkommst, kannst du auch bei mir schlafen.«

Dabei sah sie mich trotz ihrer kleinen Pupillen fast zärtlich an.

Mir soll es recht sein, dachte ich und stieg in den Waggon. Bis dahin hatte ich ohnehin ganz andere Probleme. Zum Beispiel möglichst unauffällig in die Lehr- und Erziehungsanstalt zurückzukommen. Zum Beispiel kein stinkendes Fleisch mehr hinunterwürgen zu müssen. Zum Beispiel meine zweite Woche zu überstehen.

Der Montag begann damit, dass Regina in der ersten Unterrichtspause ihr Top auszog und die ganze Klasse zehn Minuten lang auf ihre Brüste starren ließ. Sie hatte sich eine neue Bluse gekauft. Jetzt war sie angeblich unschlüssig, ob ihr diese auch stand. Sie zog sie an, dann wieder aus, und blieb einfach so sitzen. Siegessicher blickte sie in die Runde, vor allem zu mir.

Sie wusste, dass sie viel zu bieten hatte. Tatsächlich war es der mit Abstand schönste Busen, den ich bis dahin zu sehen bekommen hatte. Nicht einmal die französischen Hofdamen im Louvre, die sich gegenseitig mit spitzen Fingern an die Brustwarzen fassten, kamen dem nahe. Der Busen von Regina übertraf also sogar ein stilisiertes Rokoko-Gemälde. Ich weiß bis heute nicht, warum mich das damals so wütend machte. Wahrscheinlich war es die Kombination der prallen Brüste mit ihrem spöttischen Zug um den Mund. Wahrscheinlich war es ihr demonstrativ zur Schau getragenes Selbstbewusstsein. Ich beneidete Regina darum, aber ich wollte niemanden beneiden, der das so plump vorführte wie sie. Ab diesem Moment hasste ich sie.

Mit den anderen Mädchen war es auch nicht viel besser. Als ich mich am Sonntag fertig zur Nachtruhe gemacht hatte und in meinem Bett lag, freute ich mich direkt, als Frau Brühlmayer endlich vorbeikam und das Licht löschte. Ich war erschöpft vom Wochenende, wollte nichts als schlafen. Doch dann begannen die beiden Dicken in den Stockbetten unter mir ein Gespräch über eine ehemalige Mitschülerin, die in die Hasch-Szene abgerutscht und jetzt süchtig sei.

»Die ist für immer verloren.«

»Ja, so kann's gehen.«

»Meines Wissens kann man vom Rauchen gar nicht süchtig werden«, mischte ich mich in ihr Fachgespräch ein.

»Doch, weil man sich das Haschisch nämlich auch spritzen kann!«

Am nächsten Tag kam Brühlmayer gegen Ende der Studierstunde in die Klasse und übergab Hohenberg die Post. Feierlich betrachtete die Lehrerin ein Kuvert nach dem anderen und rief den Namen der jeweiligen Adressatin auf. Pakete gab es auch.

«Burger ... Weidinger ... Knechtl ... Murauer ...«

Allzu viele waren es nicht, die meisten Mädchen fuhren ja ohnehin jedes Wochenende nach Hause. Nur diejenigen, die von weiter weg waren, bekamen regelmäßig etwas geschickt.

Ich überlegte, wem ich einen Brief schreiben könnte. Wer mir zurückschreiben würde. Mir fiel niemand ein.

Zum Abendessen gab es aufgeschnittene Krakauer, Essiggurken und Brot. Beim Anblick der Wurstplatte fiel mir die arabische Prinzessin in Genf ein. Ich hätte gerne ihr Gesicht gesehen, wenn man ihr so etwas vorgesetzt hätte.

Auf dem Weg zurück in die Fliegerschule sprachen Irene und ich darüber, wie schwierig es war, dass man hier nie eine Zigarette rauchen konnte.

»Obwohl, wenn wir uns wirklich trauen«, sagte Irene kryptisch, »bedeutet *nie* natürlich nicht immer *nie*.«

»Wie meinst du das?«

»Ganz einfach, wir warten bis zwanzig Minuten nach der Nachtruhe. Dann schleichen wir uns unauffällig in die hinterste Dusche. Ich bringe Zigaretten und Feuerzeug mit.«

Wir waren beim Eingang der Fliegerschule angekommen. Bevor wir hineingingen, raunte mir Irene zu:

»Merk dir, du darfst die Brühlmayer zwanzig Minuten nicht mehr im Gang gehört haben. Dann kannst du dich hinausschleichen.«

Ihre letzten Worte dehnte sie übertrieben aus:

»Auf eigene Gefahr!«

Die Verabredung stand, wir trennten uns und gingen in unsere Zimmer. In meinem saßen die beiden Dicken um den Tisch und strickten, die Schlanke lag auf ihrem Bett und schrieb Tagebuch. Durch die Wand war aus dem Nebenzimmer leise die Jethro-Tull-Platte zu hören.

Vor dem Zähneputzen beantragte ich ein Telefongespräch. Um weiter in Ruhe meine Wochenenden gestalten zu können, musste ich die Fassade der Normalität aufrechterhalten. Ich stand also im Gang, warf einige Münzen in den Apparat und wählte die Nummer. Dreimal läutete es, dann hob meine Mutter ab.

»Oh, hallo«, sagte sie und klang dabei ziemlich außer Atem, »wie nett, von dir zu hören.«

Um die Stille in der Leitung zu überbrücken sagte ich jetzt, was ich glaubte, dass man von mir erwartete:

»Mir geht es gut.«

»Das ist schön, Liebes. Ich muss jetzt Schluss machen, wir packen gerade für eine Safari in Afrika, stell dir vor. Zu

Weihnachten sehen wir uns, aber wenn du willst, kann ich dir noch deine Schwester rufen.«

»Nein danke, nicht nötig. Also bis Weihnachten dann.«

Endlich gingen in einem Zimmer nach dem anderen die Lichter aus. Ich lag auf dem Bett und versuchte, Gegenstände in der Dunkelheit auszumachen. Ich lauschte dem ruhiger werdenden Atem der anderen, versuchte, meinen eigenen ihrem Rhythmus anzupassen. Keines der Mädchen sollte durch mich am Einschlafen gehindert werden. Draußen hatte es zu nieseln begonnen. Wassertropfen trafen wie ferne Glockenklänge auf dem Fensterbrett auf. Während ich auf die schwarze Decke über mir starrte, erinnerte ich mich an die erste Nacht, in der ich mich heimlich von zu Hause weggeschlichen hatte und mit Wolfgang und den anderen in die Disko gefahren war.

Jeder Ort funktioniert nach seinen eigenen Gesetzen. Damals war ich aus dem Bett gestiegen und hatte den Rest der Nacht dreißig Kilometer entfernt in einem Club verbracht. Heute stand mindestens genauso viel auf dem Spiel.

Als ich vom Bett hinunterkletterte, hielt ich die Luft an. In den Gängen und in den Waschräumen brauchte man kein Licht zu machen; sobald man sich an die Dunkelheit gewöhnt hatte, reichte die Notbeleuchtung entlang der Fußleisten aus.

Irene kauerte bereits in der hintersten Nische des Waschraumes auf dem gekachelten Rand der Duschwanne. Wortlos setzte ich mich neben sie. Mit zittriger Hand zündete sie zwei Zigaretten an. Dann rauchten wir einfach, in unseren Mädchenpyjamas, zwei ganze Memphis lang. Einmal knacksten die Heizungsrohre, und wir schreckten kurz auf. Wir legten die ausgedämpften Kippen zurück in die Zigarettenschachtel und horchten. Mit etwas Glück hätte eine von uns vielleicht behaupten können, im Halbschlaf die Toilette gesucht zu haben. Aber zu zweit? Doch es war nichts. Wir hockten uns wieder hin und zündeten uns noch eine an.

Berauscht schwebten wir durch gesetzloses Revier. Nie wieder würde eine Zigarette so intensiv schmecken wie die, die wir mit pochenden Herzen in dieser Duschzelle geraucht hatten. Wo genau die Verbindung zwischen etwas Verbotenem und dem Aufkommen von Erotik liegt, weiß ich bis heute nicht. Wahrscheinlich funktioniert diese Analogie nur in katholischen Ländern. Vielleicht lag es daran, dass sich das Internat in einer Gegend befand, die noch katholischer war als alle anderen. Vielleicht lag es an Irenes bleicher Haut, die im Dunkeln leuchtete wie durchsichtiges Elfenbein. Vielleicht lag es an der Selbstverständlichkeit, mit der wir in einer kleinen gekachelten Zelle aneinander lehnten.

Nach der letzten Zigarette küssten wir uns. Unsere Zungen begegneten sich, wir bissen uns in die Lippen, wie um auszuprobieren, ob es eine Steigerung zu der Straftat von vorhin gäbe. Irenes Hals duftete nach Strand und Meer. Ich trank davon, bis sich mein ganzer Körper in Sand und Schaum aufgelöst hatte.

Später schlichen wir uns auf Zehenspitzen zurück in unsere Zimmer. Mit angehaltenem Atem kletterte ich in mein Bett. Der Regen draußen war stärker geworden und klopfte jetzt angenehm rhythmisch gegen die Scheiben. Ich schlief sofort ein. In dieser Nacht träumte ich von einem Garten mit blühenden Apfelbäumen. Ich lief von einem Baum zum anderen, umarmte jeden einzelnen und rief ihm dabei zu: Ich! Liebe! Dich!

Erwachsene interessieren sich für uns. Nicht weil sie uns mögen, sondern weil sie einsam sind.

Gleich in der ersten Stunde testete unsere Französischlehrerin, Frau Professor Drucker, meine Grammatikkenntnisse:

»Alors, Mademoiselle – participe passé, passé composé, subjonctif!«

Ich war es nicht gewohnt, so technisch an Französisch heranzugehen, und hatte keine Ahnung, wovon die Frau sprach. Weil ich es sprechen konnte, hatte ich in meiner alten Schule im Vergleich zu den anderen immer noch einen gewaltigen Vorsprung gehabt. Drucker schien es sich zur Aufgabe gemacht zu haben, auch den Kindern der ländlichen Bevölkerung zumindest theoretisch eine Chance auf die Sorbonne zu ermöglichen.

»Subjonctif du passé ...?!«

Nach fünf Minuten war klar, dass sie eine Niete vor sich hatte.

Dann kam die erste Schularbeit. In den Wochen zuvor hatten wir im Unterricht *Antigone* von Jean Anouilh gelesen, jetzt sollten wir über den Stoff einen dreiseitigen Aufsatz schreiben. In Grammatik war ich sowieso schlecht. Außerdem war Montag, und ich hatte gerade wieder ein Wien-Wochenende hinter mir.

Wir waren auf dem Willi-Warma-Konzert gewesen, und

dort hatte ich Günther, einen Kleindealer, der selbst auf Heroin war, kennengelernt. Ich trug einen Minirock, Netzstrümpfe und Stiefel, und er fand das auf seine supercoole Art scheinbar so gut, dass er, bevor Willi Warma ein letztes Mal *Ich sprenge alle Ketten* ins Mikrofon röhrten, mit seiner Langzeitfreundin Schluss machte. Wir gingen zu ihm, wobei sich herausstellte, dass *zu ihm* in dem Fall *zu seiner Oma* bedeutete; Günther bewohnte eines von zwei Zimmern bei seiner Großmutter.

Mir war nicht klar, was Günther von mir erwartete. Fürs Erste kuschelten wir uns einfach unter seiner Bettdecke zusammen. Richtigen Sex hatten wir keinen mehr, dafür war Günther, wie er sich ausgedrückt hatte, *zu breit*. Mir war es sowieso egal. Immerhin, ab jetzt bekam ich immer gratis Heroin. Wir schnupften es. Auch Günther ließ sich – so wie die Frau mit den weißblonden Haaren in der WG – nie zu einem richtigen Junkie-Schuss herab. Dadurch hatten wir alle das Gefühl, das süße Gift im Auge zu behalten.

Die Rückfahrt war dann härter als alle bisherigen Male. Mir war eiskalt und übel, zweimal ging ich auf die Zugtoilette kotzen und starrte hinterher im Spiegel in ein kreidebleiches Gesicht. Zurück in der Fliegerschule, hatte ich in der Nacht von Sonntag auf Montag mein ganzes Bettzeug nassgeschwitzt.

Ich bin mit den Nerven am Ende – diesen Satz kannte ich von den erwachsenen Frauen in meiner früheren Umgebung zur Genüge. Als die Schularbeit begann, hatte ich zum ersten Mal ein Gefühl dafür, was er bedeutete.

Mein verwirrtes Gehirn, meine schlechten Grammatikkenntnisse, meine körperliche Verfassung, meine vielen unbeantworteten Fragen, der Verlust der bunten Lichtströme. All das zusammen führte bei mir in diesem Moment zu einem schriftlichen Gefühlstornado. Ich hatte nichts zu verlieren, so oder so würde unter meiner Arbeit ein knallrotes *Nicht genügend* landen. Also schrieb ich einfach drauflos, notierte, was mir zu dem Thema einfiel, ohne Rücksicht auf Logik oder die Meinung von irgendjemand anderem. Ich schrieb mir alles, was ich angesichts der Verzweiflung von Antigone empfand, von der Seele. Ich tat es für mich. Zum ersten Mal in meiner gesamten Schulzeit betrachtete ich ein vorgegebenes Thema ausschließlich aus meiner Perspektive, weil es ohnehin egal war.

Drei Tage später betrat Frau Drucker unser Klassenzimmer. Mit ernster Miene teilte sie die korrigierten Schularbeiten aus. Die beste Arbeit hatte wieder einmal Regina. Nur ein Beistrichfehler, urteilte Drucker anerkennend. Sie würde es besser können, sagte Drucker, als sie Irene ihr Heft zurückgab. Dann machte sie sich die Mühe, ging nach hinten bis zu meinem Schreibtisch und stellte sich vor mir auf.

»Diese Arbeit wimmelt nur so vor lauter Fehlern«, sagte sie mit bebender Stimme. Sie hielt meine Seiten hoch, die voller Striche und Anmerkungen mit rotem Filzstift waren. Dann begann sich ihre Stimme zu überschlagen.

»Aber du hast mit deiner *analyse du pièce* eine so herzerschütternde Streitschrift zugunsten dieser Frau abgegeben, dass ich dir trotzdem ein Genügend gebe.«

In ihren steingrauen Augen standen Tränen. Ich hatte keine Ahnung, was sie damit meinte, und hielt einfach die

Luft an. Sie wandte sie sich abrupt ab. Dann ging sie zurück an die Tafel und setzte ihren Unterricht fort.

Kinder haben ein untrügliches Gespür für peinliche Momente. Sie erkennen schon im Ansatz, wann etwas aus dem Ruder läuft. Die kurze Ansprache unserer Französischlehrerin war so ein Moment. Weil man nichts damit anfangen kann, behält man die Erinnerung für sich. Man schließt solche Situationen in seinem Inneren ein und tut so, als wären sie nie geschehen.

Alle Mädchen in der Klasse hatten mitbekommen, dass Drucker für einen kurzen Augenblick ihre militärische Contenance verloren hatte. Mit stillem Einverständnis hatten sie beschlossen, den kleinen Vorfall nie wieder zu erwähnen. Er existierte nicht. Als wir beim Mittagessen im Speisesaal saßen, hatte sich die letzte Schulstunde längst in Luft aufgelöst.

Das Unangenehme war, dass Drucker seit diesem Ereignis irgendetwas in mir zu *sehen* schien. Ich sage *irgendetwas*, denn *mich* sah sie natürlich nicht.

Nach dem Abendessen, ich wollte gerade den Speisesaal verlassen, nahm sie mich kurz zur Seite und sagte, dass ich später in der Fliegerschule auf ihr Zimmer kommen solle. Bis dahin war mir noch nicht einmal bewusst gewesen, dass sie auch bei uns im Internat wohnte. Jetzt erfuhr ich von Irene, dass sie unter der Woche außerhalb ihrer Unterrichtsstunden als Erzieherin für die siebte Klasse zuständig war.

Zurück in der Fliegerschule, musste ich in den ersten Stock hinauf. Ich ging den Korridor entlang. Endlich stand ich vor einer Tür mit einem Messingschild, auf dem ihr

Name stand, und klopfte an. Fast in derselben Sekunde rief sie mich herein.

Ich sah mich um und wunderte mich, wie klein das Zimmer war. Ein Einzelbett, ein Kasten und ein Schreibtisch mit Sessel nahmen fast den ganzen Raum ein. Wir blieben beide stehen. Silbern starrten ihre Augen durch mich hindurch.

»Du hast Talent, dir fehlt es nur an allem Notwendigen. Deshalb habe ich mich entschlossen, mich um dich zu kümmern.« Sie drückte mir ein Lehrbuch in die Hand. »Als Erstes möchte ich, dass du dir die *verbes irréguliers* vornimmst, danach das *passé composé*.«

Ich hielt die Luft an und wartete, bis es vorbei war. In dem schmalen Raum war zu wenig Platz für uns beide. Der blaugraue Spannteppich unterstrich die Farbe ihrer Augen. Alles andere war farblos, auch an Drucker. Was, überlegte ich, dachte eine so disziplinierte Frau wie sie, wenn sie abends allein an diesem Schreibtisch saß? Leistete sie sich ab und zu eine kleine *folie*, lag in Tageskleidung auf ihrem Bett und träumte vor sich hin?

Endlich konnte ich gehen.

An einem der letzten schönen Herbsttage hatte die Direktorin einen Ausflugstag ausgerufen. Nach dem Frühstück stiegen die Mädchen aller acht Klassen gemeinsam mit Erzieherinnen und Lehrern in Busse ein, die vor dem Haupteingang mit laufenden Motoren auf uns warteten. Von der Bergregion, in die es gehen sollte, hatte ich noch nie gehört. Geplant war ein dreistündiger Marsch zu einer Hütte, wo es ein Mittagessen gab, danach wieder zurück. Nachdem Irene und ich in den Bus eingestiegen waren, hatte mich Drucker, die bereits in der zweiten Reihe beim Fenster saß, angesehen und dabei mit der flachen Hand auf den freien Platz neben sich geklopft. Ich konnte schlecht ablehnen und setzte mich neben sie.

Hätte das der Moment sein können, in dem wir uns anfreunden? Offensichtlich nicht, denn sie richtete während der ganzen Fahrt kein Wort an mich. Drucker blickte streng geradeaus, während ich mir ausmalte, später mit Irene im Wald oder hinter ein paar Büschen zu verschwinden und eine Zigarette zu rauchen. Ich stellte mir vor, wie wir uns dabei küssten. Vielleicht würden auch meine Hände unter ihr T-Shirt gelangen. So nahe neben Drucker derartige Gedanken zu haben erzeugte ein angenehm prickelndes Gefühl in meiner Brust.

Nachdem die Busse auf dem Parkplatz zum Stillstand gekommen und alle ausgestiegen waren, warteten Irene und ich auf eine Gelegenheit, um uns davonzustehlen. Doch bei so vielen Leuten, die unter Aufsicht über Waldwege stapften, war es unmöglich, den Plan in die Tat umzusetzen. Irgendwann gaben wir auf, gingen aber wenigstens Hand in Hand hinter den anderen her. Besonders kindliche Mädchen tun das mitunter, man konnte uns also keinen Vorwurf machen. Nur wir wussten, was diese Intimität in unserem Fall bedeutete. Zwischen all den Vorschriften war unser Geheimnis ein kleiner Triumph.

Wir marschierten in Gruppen den Berg hinauf. Kurz vor der Hütte kamen uns drei Touristen, zwei Männer und eine

Frau, in kurzen Shorts entgegen. Unsere Direktorin, die jetzt mit Drucker neben uns herging, blickte ihnen verächtlich nach.

»In so einem Fall hätte ich am liebsten eine Peitsche dabei«, sagte sie und verzog den Mund, als würde sie mit den Zähnen in ein saftiges Stück Fleisch beißen.

Rasch drehte ich mich zu Frau Drucker hinüber. Konnte sie so etwas gutheißen? Ungerührt sah sie geradeaus und tat so, als hätte sie nichts gehört.

Drei Tage später wurde ich sechzehn. Weil es mein Geburtstag war, bekamen Irene und ich an diesem Tag eine halbe Stunde länger Ausgang. Unten im Kaffeehaus überreichte sie mir einen Gedichtband von Georg Trakl, den sie in blaues Seidenpapier eingewickelt hatte.

Während ich in dem Buch blätterte, platzten die gedruckten Worte wie Farbblasen in meinem Kopf.

Durchs Fenster klirrt der rote Abendwind;

Ein schwarzer Engel tritt daraus hervor.

Auf dem Rückweg gingen wir am Bahnhof vorbei und setzten uns in einen Fotoautomaten, abwechselnd eine auf dem Schoß der anderen. Wir warfen Münzen hinein und schrien jedes Mal vor Freude, wenn der automatische Blitz mit einem Knall loslegte. Die Papierstreifen, die der Apparat hinterher ausspuckte, teilten wir unter uns auf.

In Goldnem schwebt ein Duft von Thymian.

Nähe, festgehalten mit der analogen Schnellentwicklermaschine.

Wenn man die Bilder mit den Jugendfotos meiner Eltern vergleicht: Die Wirklichkeit setzte sich jetzt nicht mehr aus

Schwarz und Weiß, sondern aus Abstufungen von Grau- und Eierschalentönen zusammen.

Irgendwann kam Weihnachten, und ich fuhr zum ersten Mal nach Hause. Mittlerweile schätzte ich den Luxus eines eigenen Badezimmers und einer sauberen Toilette. Ja, sogar auf das Essen, was immer es sein würde, freute ich mich. Vier Monate Internatskost hatten meine Ansprüche deutlich heruntergefahren.

Alles im Schloss war wie immer bestens in Schuss. Der Teppich, der über die Stufen des Stiegenhauses führte, leuchtete barriquerot, wahrscheinlich war er gerade ausgetauscht worden. Mein Mädchenzimmer mit der Vogeltapete war unverändert, auch die alte Schallplatte von Polnareff stand noch im Regal. Niemand hatte Fragen, weder meine Mutter noch der Cadillacfahrer. Ich war einfach da, man hatte es zur Kenntnis genommen, und damit war es auch schon wieder gut.

Meine Mutter war mit dem Dekorieren des Hauses und der Organisation der Küche beschäftigt. Offenbar wurden Gäste erwartet. Meine Schwester war jetzt zwölf, aber durch meine Abwesenheit hatten wir den Draht zueinander endgültig verloren. Vielleicht gestand ich ihr auch einfach nicht zu, dass sie die Falschspielertricks der Erwachsenen durchschaute.

Die erste Überraschung war, dass mein Cousin aus Rom die Ferien bei uns verbringen würde. Die Schwester meiner Mutter hatte einen Italiener geheiratet und einen Sohn bekommen, er befand sich im letzten Jahr irgendeiner italienischen Eliteschule. Er sollte bei uns seine Deutschkenntnisse perfektionieren. Die zweite Überraschung war – und das eröffnete mir meine Mutter so, als ob sie bereit wäre, mir eine Niere zu spenden –, dass dieser Cousin und ich eingeladen waren, Silvester mit ihr und dem Cadillacfahrer im *Hotel Danieli* in Venedig zu verbringen. Das *Danieli* also, diesmal nicht am Heiligen Abend, dafür aber gleich danach.

Meine Mutter benutzte das Wort *eingeladen*, aber in Wirklichkeit hatte ich gar keine andere Wahl, weil ich nicht allein zu Hause hätte bleiben dürfen. Die einzige Alternative wäre gewesen, mit meiner Schwester mitzufahren: Sie würde die Tage nach Weihnachten bei unserem neuen Kindermädchen verbringen, deren Eltern einen Bauernhof bewirtschafteten. Aber im Gegensatz zu meiner Schwester konnte ich mit Schafen und Kühen nichts anfangen und auch Stallgeruch nicht ausstehen.

Zweimal hatte man mich in meiner Volksschulzeit zu so etwas genötigt (anderes Kindermädchen, anderer Bauernhof). Ich weiß noch, wie ich in der Stube einer mir völlig fremden Familie saß und nichts tat, außer zu warten, bis man uns wieder abholte. Der Bauer ging frühmorgens barfuß in den Stall, und hinterher zog er sich am Sonntag weiße Socken über seine Stallfüße, schlüpfte in schwarze Schuhe und machte sich auf den Weg in die Kirche. Ich kam mir nicht besonders nett dabei vor, aber mich ekelte vor all dem so sehr, dass ich vom ersten bis zum letzten Tag darauf achtete, möglichst wenig zu berühren.

Mit der Ankunft meines Cousins schwebte wohltuender Nebel über die Türschwelle. Wie ein kühlendes Fluidum legte er sich über das Stiegenhaus und breitete sich von dort in alle siebenundzwanzig Zimmer aus. Ich beobachtete diesen Verwandten, während er den Koffer abstellte und seinen Mantel auszog. Er war mager geworden, dazu hatte er schwarz umschattete Augen und eingefallene Wangen, die seinem Gesicht etwas Kantiges verliehen. Außerdem konnte man sehen, dass er sich bereits regelmäßig rasieren musste; Bartnachwuchs schimmerte grünschwarz durch seine Haut. Ich ging hinter ihm die Stiegen hinauf, und dann geschah es auf meine Entscheidung hin: Alle Teppiche und alle Wände im Haus fingen zu glänzen an.

Am nächsten Tag war Heiliger Abend. Meine Mutter und der Cadillacfahrer gaben eine Party, das heißt, mehrere Leute aus der Umgebung waren eingeladen, dazu noch ein paar Geschäftsfreunde aus dem Ausland mit ihren Ehefrauen. Weil uns langweilig war, saßen mein Cousin und ich nach dem Essen auf den Teppichstufen im Stiegenhaus und tranken jeder eine ganze Flasche irgendeines besonders exklusiven Châteauneuf-du-Pape, den wir uns aus dem Weinkeller geholt hatten. Ich war überrascht, dass ich nach so viel Rotwein überhaupt keine Wirkung spürte, immerhin hatte ich davor auch schon bei den Aperitifs zugelangt und während des Essens zügig weitergetrunken. Es wirkte wie ein Partytrick und schien meinen Cousin zu beeindrucken.

Er erzählte mir, dass er im letzten Schuljahr ziemlich viel Heroin genommen hätte, dass er in die Nachbarin in dem Haus, in dem seine Eltern wohnten, verliebt gewesen sei, die außerdem seine Dealerin war. Dass seine Eltern auf alles draufgekommen wären und ihn zu uns geschickt hätten, damit er auf andere Gedanken käme. Ich hätte ihn gerne gefragt, ob er selbst denn überhaupt Lust hätte, auf andere Gedanken zu kommen, und wenn ja, auf welche, aber ich traute mich nicht.

Nachdem alle Gäste gegangen waren und meine Eltern sich in den zweiten Stock in ihren Ballsaal zum Schlafen zurückgezogen hatten, gingen wir in den Westflügel, setzten uns in den größten Raum des Schlosses, den *Rittersaal,* und hörten Musik. Der *Rittersaal* verfügte über eine leistungsstarke Stereoanlage mit turmhohen Verstärkerboxen und wurde nur für besonders repräsentative Zwecke verwendet, also so gut wie nie. Ganz laut hörten wir darin jetzt gregorianische Choräle, mein Cousin hatte die Platte aus Rom mitgebracht. Wir lungerten auf den Sofas herum, und dabei hämmerten sich die Bässe der Stimmen in meinen Brustkorb ein.

Durch die Lautsprecher klangen die gesungenen Gebete wie eine Kriegserklärung an die mittelalterlichen Mauern und seine Bewohner, und es fühlte sich so an, als ob wir uns einig wären: Jemand erledigte das Notwendige für uns.

Der Rest der Zeit: Schlafen. Essen. Zum Beispiel tausend Kekse von der Weihnachtsbäckerei, die bei einer Hilfskraft in Auftrag gegeben worden waren.

In alten Büchern lesen.

Lange stand K. auf der Holzbrücke, die von der Landstraße zum Dorf führte, und blickte in die scheinbare Leere empor.

Meine Mutter beim Frisieren beobachten.

Dann endlich: Abfahrt nach Venedig. Im Cadillac auf der Überholspur über die Autobahn. Träge saßen mein Cousin und ich auf der Rückbank. Es war mir peinlich, wenn er merkte, dass ich ihn ansah, also schaute ich jedes Mal schnell wieder weg, so gut gefiel er mir.

Auf den Marmorböden im Hotel lagen hochflorige Teppiche, die jedes Geräusch verschluckten. Überraschenderweise hatte man für uns beide ein Doppelzimmer gebucht. Ein mehr als eigenartiger Moment, als man uns an der Rezeption den Schlüssel übergab. Ich glaube nicht, dass sich meine Mutter und der Cadillacfahrer irgendetwas Besonderes dabei gedacht hatten, es war wohl einfach aus Kostengründen geschehen.

Mein Cousin sprach wenig mit mir, es sah so aus, als wäre er die ganze Zeit über mit seinen Gedanken beschäftigt. Obwohl es seine Sprache war, sagte er auch auf die Fragen der Kellner in den Restaurants nicht viel.

Und doch. Ohne Worte liebten wir uns jede Nacht. Wir legten uns in das große Doppelbett, löschten alle Lampen aus, und dann machten unsere Körper Dinge, über die wir tagsüber schwiegen, über die wir uns noch nicht einmal mit Blicken verständigten; all das existierte bei Licht nicht.

Am ersten Morgen danach warf ich eine Packung Antibabypillen aus dem Hotelfenster hinunter in den trüben Kanal. Ich hatte sie mir heimlich bei meinem bisher einzigen Frauenarztbesuch verschreiben lassen, ganz allgemein für alle Fälle darum gebeten, und sie ein- oder zweimal probiert. Aber in Wirklichkeit war mir dieser Vorgang zu sachlich und zu kompliziert. Was hatten meine Verwirrung und meine Geheimisse mit der Vernunft der Erwachsenen zu tun?

Was sonst noch in Venedig passierte, ich erinnere mich nicht. Wahrscheinlich haben wir in *Harry's Bar* Cannelloni gegessen. Wahrscheinlich sind wir mehrmals über den Markusplatz spaziert. Wahrscheinlich sind dabei viele Tauben von einer Stelle zur anderen geflogen.

Am letzten Tag unseres Aufenthaltes setzten wir meinen Cousin am Bahnhof ab. Nach Rom hatte er es von hier ja nicht weit. Vielleicht würden wir uns in den Sommerferien wiedersehen. Der Cadillacfahrer hatte ihm einen Ferialjob in der Fabrik eines Geschäftspartners angeboten. Ich selbst hätte auch gerne in den Ferien gearbeitet. Die Vorstellung, nützlich zu sein, gefiel mir, doch meine Mutter entschied, dass das nichts für mich wäre und dass sie mir das Geld, das ich dort verdient hätte, auch so geben würde. Damit war die Sache vom Tisch.

Während mein Cousin seinen Koffer in einem Abteil verstaute, dachte ich über die Chancen unserer Liebe nach. Das heißt, eigentlich dachte ich über die Chancen meiner Liebe nach, denn über seine Gefühle wusste ich nichts.

Zum Abschied küssten wir uns auf dem Bahnsteig flüchtig auf die Wangen, und dabei klopfte er mir mit der Hand brüderlich auf die Schulter. Fast hätte ich die Fassung verloren, doch dann schaffte ich es, erst auf der Rückfahrt im Auto leise in mich hinein zu weinen.

Das Beten hatte ich längst aufgegeben, trotzdem wurde ich von einer höheren Macht verschont. Ich war nicht schwanger – obwohl ich seit meiner Rückkehr ins Internat die gerechte Strafe für Venedig erwartet hatte.

In den Studierstunden schrieb ich heimlich Briefe an meinen Cousin, die ich alle gleich wieder zeriss; es gelang mir nicht, eine Tonlage zu finden, die sich richtig anfühlte. Stattdessen begann ich ein Tagebuch, das ich mir unten im Ort gekauft hatte. Konkrete Erlebnisse notierte ich darin nicht, man musste immer damit rechnen, dass so etwas konfisziert und gelesen wurde, stattdessen schrieb ich Gedichte von Baudelaire und Morgenstern ab, um die ich mit Buntstiften Ornamente und Fantasiefiguren zeichnete. Nachdem ich die ersten beiden Filme – einen Farb- und einen Schwarzweißfilm –, die ich mit meiner neuen Kamera gemacht hatte, entwickeln hatte lassen, klebte ich dazwischen auch Fotos hinein.

Beim Betrachten der Bilder fällt auf, was darauf alles nicht zu sehen ist. In keiner Einstellung wird auf ein Ereignis oder eine Zusammenkunft verwiesen, an die man sich später erinnern könnte. Stattdessen der Versuch, die Leere festzuhalten:

– Der Rückspiegel des fahrenden Cadillacs, in dem man Wasser und Baumspitzen erkennt.

– Der Aufgang zum kaisergelben Hauptgebäude des Internats, leicht unscharf.

– Eines der Klassenzimmer von außen, dahinter eine Buche in Herbstfarben.

– In körnigem Schwarzweiß die beiden Schweinchenfrauen und ich in der Fliegerschule. Man sieht uns im Spiegel des Waschraumes, wir tragen Nachthemden, die Köpfe der Dicken lachend nebeneinander und meiner etwas abseits, während ich gerade auf den Auslöser meiner Kamera drücke.

Nur Dinge aussprechen, für die man Worte findet. Nur

Szenen festhalten, die sich ohne tieferen Sinn ereignen. So gesehen muss man alle Fotodokumente, die einem im Laufe der Zeit von Verwandten, Bekannten oder Wildfremden unterkommen, neu bewerten. Weil es immer nur um das geht, was darauf fehlt.

Aus allen unseren fein säuberlich geklebten Alben lachen immer nur Lückensuchbilder.

Im Frühling eröffnete uns unsere Englischlehrerin gegen Ende der Stunde, dass sie sich *nach reiflicher Überlegung* entschlossen hätte, die Schule zu verlassen und in ein Kloster einzutreten. Schon in der kommenden Woche würde eine neue Lehrerin den Unterricht übernehmen. Während sie uns das sagte, stützte sie sich mit einer Hand an ihrem Schreibpult ab, und ihr Gesicht wurde vor lauter Aufregung rot. Es war das erste Mal, dass wir uns bei dieser Frau so etwas wie ein Privatleben vorstellen mussten. Ganz offensichtlich hatte es in diesem bisher einige Leerläufe gegeben.

Würde sich Drucker, unsere Französischlehrerin, auch eines Tages ins Kloster verabschieden? Aus irgendeinem Grund hatte ich das Gefühl, dass sie nicht besonders gläubig war. Sie bestellte mich weiter auf ihr Zimmer, um mir neue Aufgaben zu geben, und dabei stellte ich jedes Mal fest, dass sie am ganzen Körper bebte; sie schien unter großer Anspannung zu stehen. Warum das so war, wollte ich lieber nicht wissen. Irgendeiner diffusen Befürchtung zufolge zog ich die Möglichkeit in Erwägung, dass es etwas mit mir zu tun haben könnte. Ich hatte Angst, dass sie mir eines Tages Kekse anbieten und *gemütlich* werden könnte; also schaute ich immer, dass ich so schnell wie möglich wieder aus ihrem Zimmer kam. Ich hielt meine Französischbücher fest im Arm, bereit, mich zu verabschieden, als sie eines Abends sagte:

»Bleib noch.« Dabei legte sie ihre Hand auf meine Schulter und sah mich lange an.

Ratlos betrachtete ich den Teppichboden. Dann fiel mir der erlösende Satz ein:

»Frau Brühlmayer möchte heute noch unsere Kästen kontrollieren.«

»Na schön«, sagte sie nach einer langen Pause. »Vergiss bitte nicht, täglich deine *exercices* zu machen.«

»Natürlich«, log ich.

»Gute Nacht.«

Während ich über den Gang zurück in mein Zimmer ging, fühlte ich mich wie jemand, den man gerade etwas zu lange unter Wasser getaucht hatte.

Der schönen Regina als Klassenbeste missfiel meine Sonderbehandlung durch Drucker. Auch Brühlmayer, unsere Erzieherin, wurde langsam misstrauisch. Obwohl ich mir in dieser Sache nichts vorzuwerfen hatte, fühlte ich mich schuldig – offensichtlich brachte das Schlechte in mir Erwachsene dazu, auf diffuse Art und Weise die Grenzen ihrer Erziehertätigkeit zu überschreiten. Schon immer verwendete ich einen Großteil meiner Energie darauf, diesen Pferdefuß zu verbergen, doch hinter der Fassade fühlte ich mich trotzdem durch und durch verrottet und falsch.

Mit Regina würde es, so hoffte ich, auf einen Waffenstillstand hinauslaufen, solange ich ihr nicht weiter in die Quere kam. Brühlmayer hingegen konnte gefährlich werden. Sie könnte zum Beispiel auf die Idee kommen, bei meiner Großmutter anzurufen. Dann wäre alles vorbei. Wie *alles vorbei* konkret aussehen würde, davon machte ich mir keine Vorstellung. Aber ich musste damit rechnen, dass meine Mutter in der Aufregung zu völlig überraschenden, also den schlimmsten Entscheidungen fähig sein würde.

Aus all diesen Überlegungen heraus fing ich sicherheitshalber an, unter der Woche graue und dunkelblaue Faltenröcke mit weißen Blusen zu tragen. Die Sachen sollten ein reines Wesen und seriöse Absichten vermitteln. Außerdem setzte ich mich beim Essen jetzt oft neben Brühlmayer und unterhielt mich mit ihr.

Ich fühlte mich wie eine Schauspielerin, die einen Job zu erledigen hatte. Inmitten all der Langeweile machten mir meine Vorstellungen sogar Spaß. Und bald zeigte mein Engagement auch seine Wirkung: Brühlmayer mochte mich von Tag zu Tag mehr. Oft überließ sie mir jetzt sogar ihre Portion Apfelkompott.

In der darauffolgenden Woche stellte sich die neue Englischprofessorin vor. Sie hieß Miranda West und kam aus Texas, beides schrieb sie mit kugeligen Groß- und Kleinbuchstaben auf die Tafel in unserer Klasse. Sie trug eine Halskette aus Türkissteinen und statt der üblichen Aktentasche eine Umhängetasche aus buntem Stoff. Es war offensichtlich, dass sie anders als die anderen erwachsenen Frauen der Erziehungsanstalt war – die Schulleitung hatte sie wohl nur genommen, weil sie mitten unter dem Jahr unter Zugzwang war.

Weil *Miräähnda*, wie sie von uns genannt werden wollte,

einen so starken amerikanischen Akzent hatte, gestaltete sich der Unterricht anfangs schwierig, wir waren bis dahin auf reines Oxford-Englisch trainiert. Doch weil *Mirääähnda* keinen großen Stress mit Noten machte, legte sich die erste Aufregung bald. Sie wohnte unten im Ort. An einem Freitagnachmittag lud sie unsere ganze Klasse zu sich zum Tee, was ziemlich komisch war, denn ihre Wohnung war so klein, dass die meisten von uns am Boden sitzen mussten.

Eines Abends rief überraschend meine Mutter in der Zentrale der Fliegerschule an und meldete, mit mir sprechen zu wollen. Ich bekam von Brühlmayer Bescheid, dass ich in zehn Minuten beim Münzapparat stehen sollte.

Als es klingelte, hob ich den Hörer ab, und am anderen Ende der Leitung sagte meine Mutter:

»Hast du dir schon etwas für den Sommer überlegt? Zwei Monate sind lang.«

»Äh, ja ...«

»Ich kann gerne wieder einen Aufenthalt bei unseren Freunden in der Vendée für dich organisieren.«

»Danke, nein ... Lass uns bitte in den nächsten Tagen darüber sprechen.«

Alles, dachte ich, bloß das nicht. Mit der tierliebenden Virginie und ihrer konservativen Mutter war ich durch. Wahrscheinlich würde die mich nach den Eskapaden mit ihrer Tochter auch gar nicht mehr haben wollen, meine Mutter wusste nur nichts davon. Wir vereinbarten, uns beim nächsten Mal auf ein *Programm,* wie sie sich gerne ausdrückte, zu einigen, dann legte ich auf.

Wie es genau dazu kam, weiß ich nicht mehr. Aber ich

hatte herausgefunden, dass Miranda auch außerhalb des Internats Nachhilfestunden gab. Und irgendwann war es beschlossene Sache: Ich würde einen Großteil des Sommers gegen Bezahlung bei ihr wohnen können und mein Englisch verbessern, außerdem würde sie mit mir auch Mathematik lernen.

Hätte meine Mutter gewusst, dass Miranda einen Makrameebeutel als Handtasche benutzte, wäre sie vielleicht weniger glücklich gewesen; so aber war sie begeistert. Ihre Tochter war bei einer Professorin untergebracht, am Telefon war alles vereinbart worden. Gerne hätte ich Miranda den Tipp gegeben, dass sie auch das Dreifache für meine Unterbringung verlangen hätte können; aber so gut kannte ich sie noch nicht, also hielt ich mich zurück.

Der Rest des Schuljahres verging. Hin und wieder rauchte ich mit Irene Zigaretten, wir versteckten uns dazu zwischen ein paar Büschen im hintersten Winkel des Parks. Manchmal küssten wir uns dabei. Ich dachte weiter an meinen Cousin.

Ein paarmal fuhr ich zu Günther und meinen anderen Freunden nach Wien. Dort probierten wir neue Explosionsmöglichkeiten für unsere Köpfe aus. Einmal traf ich danach während der Zugfahrt zurück nach Nordberg auf Frau Drucker und fühlte mich ertappt. Ich trug schwarze Jeans und einen schwarzen Pullover mit Fledermausärmeln. Günther hatte mir am Tag zuvor meinen ersten Schuss Heroin gesetzt, danach hatte ich stundenlang auf dem Fußboden in irgendeiner Wohnung gelegen. Jetzt hatte ich Angst, dass man mir anmerkte, dass ich am Ende meiner Kräfte war. Meine Haut war grüngrau, und meine Nase rann unentwegt.

»Du siehst krank aus«, sagte Drucker. »Vielleicht bekommst du die Grippe.«

Es war für uns beide ungewohnt, außerhalb des Schulgeländes aufeinanderzutreffen; auch Drucker wirkte erleichtert, als der Zug endlich in die Station einfuhr.

Und dann war endlich Schulschluss. Frau Hohenberg verteilte die Zeugnisse und bedachte dabei jede Schülerin mit einem wissenden Nicken ihres aristokratischen Kopfes. Wie durch ein Wunder war ich in allen Fächern durchgekommen. Am selben Tag brach ein sogenannter Jahrhundertsommer über das Land herein.

Die ersten drei Ferienwochen verbrachte ich zu Hause. In diesem Jahr sah der Himmel in Fretting wie gewaschen aus, und die Sonne strahlte so stark auf die Rosen in unserem Garten, dass ihre Köpfe blendeten.

Ich war durchs Schuljahr gekommen und würde auch bald wieder wegfahren, also hatte ich die Lizenz zum Herumliegen und Nichtstun. Ich lag in einem der oberen Gärten im Schatten einer Linde und wartete, bis mein Cousin von seinem Ferialjob nach Hause kam. Er arbeitete im *Bereichsfeld Grüne Bohnen* am Fließband einer Konservenfabrik, und danach war er zwar jedes Mal hundemüde, verlangte aber dringend nach einem Gegenprogramm. Das wurde mein Job. Vom Cadillacfahrer hatte ich richtig viel Taschengeld bekommen, also konnte ich uns einiges bieten.

Mit dem Freund einer Freundin, der Führerschein und Auto besaß, war ich über die Grenze nach Zürich gefahren, und dort hatte ich auf einem alten Fabriksgelände, das wie ein Supermarkt für Drogen funktionierte, einen Großeinkauf gemacht. Schwarzer Afghane, Speed, LSD, Heroin und ein bisschen Gras – es war wie Shoppen nach Rezept, für jede Laune das richtige Mittel.

Ich sah die abgewrackten Dealer, Junkie-Frauen und -Männer herumstehen. Sie taten mir leid: Spaß schien das Geschäft hier niemandem zu machen. Das ganze Ambiente mit seinen Akteuren wirkte eins zu eins wie in *Blade Runner*, aber dass ich selbst in dem Film genauso mitspielte und dass es möglicherweise für mich auch genauso ausgehen und sich der Spaß schlagartig aufhören könnte, kam mir nicht in den Sinn. Ich hatte ganz andere Probleme, die ich mit meinen Einkäufen in Schach halten musste. Jedem seine eigene Dunkelheit.

Mein Cousin sah etwas gesünder aus als zu Weihnachten, offensichtlich war die Beziehung zu seiner Dealerin eingeschlafen. Trotzdem hatte ich entschieden, dass die Drogen eine direkte Verbindung zwischen ihm und mir waren, der Magnet, der uns näher zueinander bringen würde und im besten Fall für einige Momente wieder ganz zusammen. In meiner Vorstellung waren wir Kumpels, Geschwister, Liebende und Kinder, die ihre Ferien bei komischen Erwachsenen überstehen und versuchten mussten, das Beste daraus zu machen.

»Ich verstehe nicht, warum du dich nicht öfter in die Sonne legst, es ist wirklich abartig, wie blass du bist«, schimpfte meine Mutter jeden Mittag, während ich in der Küche frühstückte.

Mein Mädchenzimmer mit der Vogel-Blümchen-Tapete

gefiel mir nicht mehr, mit sechzehn war so etwas nur mehr peinlich, und deshalb hielt ich mich darin so wenig wie möglich auf. Um die Zeit totzuschlagen, bis mein Cousin von seinem Job nach Hause kam, saß ich oft einfach nur in der riesigen Küche oder in einem der Salons und beobachtete die Haushälterin, die Putzfrau und den Gärtner beim Arbeiten. Sie alle hatten einen Plan. Ich fand das interessant, denn es wirkte so anders als bei uns.

Auch meine Mutter war ständig beschäftigt, aber einen Plan schien sie dabei nie zu haben: Jedes Vorhaben konnte innerhalb von Minuten wieder verworfen werden, wenn es etwas Besseres zu tun gab oder sich eine neue Laune dazwischenschob. So hatte sie möglichweise an diesem Nachmittag vor, zur Schneiderin zu fahren. Sie musste es aber nicht. Wenn eine der anderen Frauen anrief und spontan zum Tee oder zur Besichtigung neuer Stoffmuster lud, griff sie zum Hörer und sagte im Atelier der Schneiderin kurzerhand ab.

Ein großes Thema für meine Mutter war in diesem Sommer die fachgerechte Lagerung ihrer Pelzmäntel. Ich erfuhr, dass es nicht damit getan war, sie in Plastikhüllen im Schrankzimmer aufzuhängen, und dass es in Paris und New York Damen der Gesellschaft gab, die eine eigene Wohnung anmieteten, nur um dort ihre Pelze bei der richtigen Temperatur und Luftfeuchtigkeit zu lagern.

Hier in der Provinz war es relativ unwahrscheinlich, dass man mit solchen Allüren beim Fleischhauer weiter bedient worden wäre. Aus diesem Grund entschloss sie sich wahrscheinlich, alle sieben Exemplare zu einem Meisterkürschner nach Zürich zu fahren. Gegen gutes Geld lagerte er die

Problemkleidung seiner Kundinnen in einer eigens für diesen Zweck angemieteten Etage. Im Fall meiner Mutter handelte es sich dabei um folgende Modelle:

rotbrauner Nerz-Swinger
schokoladebrauner, geschorener Nerz im Trenchcoat-Stil
schwarzer, geschorener Nerz im Trenchcoat-Stil
bodenlanger weißer Abendnerz
curryfarbener Fuchsmantel mit Trompetenärmeln
steingraue Chinchilla-Jacke im Blouson-Schnitt
knielanger, schmal geschnittener Persianer mit blauschwarzem Fuchskragen

Während sie die Pelze gemeinsam mit der Haushälterin in den Fond ihres Wagens lud, kam mir der Gedanke, dass wir zusammen nach Zürich fahren könnten, ich für meine Erledigungen und sie für ihre. Meine Überlegung erschien mir praktisch und komisch zugleich, aber dann beschränkte ich mich darauf, ihr eine gute Fahrt zu wünschen. Ich ging mit der Haushälterin zurück ins Schloss, um ihr in der Küche beim Geschirreinräumen zuzusehen und auf meinen Cousin zu warten.

Später fuhren mein Cousin und ich in die Disko, es war der Club, vor dem ich nach meinem ersten Besuch mit Wolfgangs Auto im Graben gelandet war, und nach zwei Gramm Speed und mehreren Flaschen Bier wurden wir eine Nacht lang wieder Liebende. Wir schmusten auf den Hockern neben der Tanzfläche, und irgendwann gingen wir hinaus ins Freie und legten uns hinter dem Gebäude in eine Wiese. Umständlich zogen wir uns aus. Den Rest der Zeit schwebten große und kleine Lichtbälle durch meinen Kopf.

Abgesehen von den Lichterfahrungen hinter der Disko war der beste Moment meines Aufenthalts eine Diskussion, die der Cadillacfahrer und meine Mutter mit meinem Cousin im *Kaminzimmer* führten. Offensichtlich hatte er während seiner Arbeit am Fließband die gesamten *Brüder Karamasow* ausgelesen. Und zwar nicht versteckt, das Buch heimlich unter dem Werktisch auf den Knien balancierend, sondern für alle anderen Arbeiter deutlich sichtbar in der linken Hand haltend, während er mit der rechten Grüne-Bohnen-Dosen etikettierte, was seine Kollegen als noch nie dagewesene Provokation empfanden. Durch einem Anruf, der am späten Nachmittag vom Cadillacfahrer in der Bibliothek in Empfang genommen worden war, hatte ihm sein Geschäftsfreund von der Aufregung in der Fabrik berichtet.

Im Anschluss daran beratschlagte der Cadillacfahrer mit meiner Mutter, was zu tun sei: »Es gibt-äh nur zwei Mög-lisch-keiten«, sagte er mit seinem starken französischen Akzent. »Entweder er-äh liest nie wieder eine einzige Satz während die Arbeit. Oder er hört-äh früher auf in die Fabrik.«

Zu guter Letzt einigten sie sich darauf, dass er die Dosen in seiner letzten Arbeitswoche mit beiden Händen etikettieren musste, was meinem Cousin nicht weiter schwerfiel: Den Roman hatte er ohnehin schon ausgelesen, und außerdem hatten ihn unsere Drogenexzesse der letzten Tage mürbe genug gemacht. Während er für uns beide einen Dreiblatt-Joint drehte, sagte er zu mir:

»Das ist das beste Gefühl: *il grande nulla* ... das große Nichts.«

Nachdem er die letzte Dose etikettiert hatte, reiste er ab.

Ganz sachlich hatten wir uns zum Abschied kurz bei den Schultern genommen und genickt. Ich ging in mein Zimmer, und dort stiegen rund um mich weiße Nebel auf und verschluckten jedes Geräusch, das von draußen kam. Die ganze Zeit über hatte ich kein einziges Foto gemacht.

Ich wartete, bis ich den Zug zurück zu den lieblichen Hügeln und Seen nehmen konnte. Was mich dort erwarten würde, wusste ich nicht. Hauptsache, es würde etwas Neues sein.

Eine Eigenschaft von ersten Schulbüchern ist, dass sich die darin behauptete Wirklichkeit für immer in die eigene Vorstellungskraft frisst. Man lernt zu lesen: *Die Mutter bäckt einen Kuchen. Die Kinder spielen mit dem Hund. Am frühen Abend kommt der Vater nach Hause.* Dazu gibt es Bilder voller Sonne, fröhlicher Farben, liebevoller Blicke. Das ganze Paket wird zu einem Koordinatensystem, mit dem man fortan die eigene Realität vermisst.

Am Anfang war das Wort. Die Sehnsucht nach seiner Erfüllung bleibt.

Meine neue Englischlehrerin, Miranda, erwartete mich mit einem Lächeln am Bahnsteig. In der rechten Hand hielt sie eine Leine, daran wedelte am Boden ein kleines graubeiges Wollknäuel von Hund.

Ich stieg aus dem Waggon und sah meine Stunde gekommen: Neue Karten lagen auf dem Tisch; ich würde mein Bestes geben.

Mirandas Wohnung lag in der Einkaufsstraße von Nordberg und sah so aus, als hätte es die schrille Zeit noch nie gegeben. Alles wirkte so weich; in drei kleinen Zimmern wechselten sich Sand- und Kaffeetöne mit Salbeigrün ab. Auch die Kombination der Materialien wirkte sanft, überall Holz und Stoff, bis auf die Armaturen in der Küchenzeile und im Bad waren nirgendwo Gegenstände aus Chrom oder Eisen zu sehen. An den Wänden hingen Stickbilder, die Alltagsszenen der Indios darstellten, vor dem breiten Wohnzimmerfenster baumelten mit Makramee überzogene Blumentöpfe von der Decke, aus denen sich Kletterpflanzen in Richtung Bücherregal rankten.

Wahrscheinlich war es, weil sie Amerikanerin und daher *anders* war, vielleicht auch aus anderen Gründen, aber Miranda war bereit, sich den ganzen Tag mit mir zu beschäftigen. Jeden Vormittag lernten wir zwei Stunden, der Rest des Tages war Freizeit. Weil ich ihr System verstehen wollte, ließ ich mir alles zeigen, was mir interessant erschien. Ihre einzige Bedingung war, dass wir dabei ausschließlich Englisch sprachen.

In den kommenden Wochen brachte mir Miranda bei, wie man richtigen *french toast* brät und *oatmeal cookies* bäckt, wie man Kleider und Blusen aufhängt, damit man sie hinterher nicht bügeln muss, und wie man Makrameeüberzüge für Blumentöpfe bastelt. Dazwischen gingen wir im glitzernden See schwimmen oder spazierten mit dem kleinen Wollknäuel am Ufer entlang.

Ich brachte mich ein. Gab meine Version eines Musterkindes. Und nach einiger Zeit war ich es, die jeden Tag unseren *french toast* fürs Frühstück und unsere Kekse für den Tee machte, während Miranda aus ihrem Leben erzählte. Ich wollte alles wissen – sie hatte immerhin eine Großmutter, die Indianerin war. Nur die bunten *marshmallows*, die sie in den Salat gab, lehnte ich dankend ab.

Sonne, fröhliche Farben, liebevolle Blicke. An manchen Tagen waren die *french toasts* goldgelber als an anderen, an manchen Tagen hatte ich in den Teig für die *oatmeal cookies* mehr Rosinen hineingegeben als sonst. Mehr ereignete sich nicht, und das war schön. In meinen Augen war ich noch nie so nahe am Glück der geordneten Schulbuchwirklichkeit dran gewesen.

Schließlich die Überraschung: Auch Miranda führte auf dem Grund ihres Makrameebeutels ein Fehlersuchbild spazieren. Wie sich herausstellte, hatte sie eine Tochter in meinem Alter, die aus irgendeinem Grund nicht bei ihr lebte, sondern bei den Großeltern in den Staaten. Ihr Name war Stella, und bald sollte sie zu Besuch kommen.

»You girls will have a lot to talk about«, sagte Miranda in ihrem freundlichen Lehrerinnen-Singsang und wiederholte den Satz bei jeder Gelegenheit, wobei sie die Worte *you girls* und *a lot* übertrieben lang betonte.

»Youuuu gööööerls will have ähhh looot to talk about ...« Es klang wie eine Drohung mitten in unserer sommerlichen Postkartenidylle.

Und dann kam Stella, und mit ihrem Eintreffen veränderte sich der Aggregatzustand unserer kleinen heilen Wohnungswelt. Wie die dreizehnte Fee blieb sie mit ihren zerzausten Haaren und ihren Hippie-Pluderhosen mitten im Zimmer stehen, und innerhalb weniger Sekunden wurde die Nullpunktsfluktuation unserer Festkörper in gasförmige Bewegungsenergie transformiert. Innerhalb weniger Sekunden warf ich mein System der Idealbilder über Bord.

Wir teilten uns das Gästezimmer. Ihre Mutter fand, dass ich für diesen Sommer genug gelernt hätte, und war froh zu sehen, dass wir vorhatten, miteinander auszukommen. Nichts an Stella schien gezähmt. Sie trug lange Schals und tausend Ketten um den Hals, sie rauchte Pfeife und schrieb sich Gedichte auf ihre sonnengebräunten Arme und Beine. Manchmal aß sie und manchmal nicht. Sie malte mit Wasserfarben in große Notizbücher und hörte ständig Musik.

Wie wir uns darüber verständigten, weiß ich nicht mehr, aber schnell hatte mir Stella nicht nur ihre Wasserfarben, sondern auch ihre mitgebrachten Drogen angeboten. Einfach so war sie mit ihren sechzehn Jahren mit einem Sack jamaikanischem Ganja-Gras und einer Mappe voller bunter Löschblatt-Trips um den halben Erdball gereist. Ein Jahr lang, erzählte sie, sei sie morphiumsüchtig gewesen, hätte sich das Zeug selbst geschossen und danach noch ein paar Monate an einem Alkoholproblem laboriert, hauptsächlich Whiskey. Jetzt zeigte sie mir, was eine *roach clip* war: eine spezielle Mini-Zange, mit der man den letzten Rest einer selbstgedrehten Gras-Zigarette aufrauchen konnte, ohne sich dabei die Finger zu verbrennen. Ich war fasziniert. Sie schien so frei zu sein und kannte sich in allem, was man vor den Eltern verbergen musste, tausendmal besser aus.

In den folgenden Wochen webte sich das Gefühl, dass alle vorgegebenen Regeln sinnlos waren, wie ein glänzendes Band zwischen uns. Zuerst rauchten wir nur das Gras und tranken Rotwein dazu, den uns Miranda erlaubte, fast jeden

Abend ein bis zwei Flaschen. Dazu saßen wir am Boden unseres Zimmers und malten. Nachts schliefen wir miteinander. Ihre olivfarbene Haut duftete nach exotischen Ländern und war so weich, dass ich sie immer wieder berühren wollte. Ich dachte einfach, dass so etwas zum Paket dazugehörte, wenn man sich wirklich gut verstand. Ihr schien es nicht anders zu gehen.

Auch Miranda war begeistert, dass ihre Tochter und ich so gut miteinander auskamen. Sie ließ uns in Ruhe. Schon am Vormittag lagen wir eingekifft auf dem Fußboden und hörten uns fünfmal hintereinander das *White Album* von den Beatles an. Die Stones fanden wir beide bescheuert. Nur Stellas Faible für Joni Mitchell teilte ich nicht.

Eines Tages packten wir nach dem Frühstück zwei kleine Rucksäcke mit Proviant und Getränken und machten uns, wie wir Miranda erklärten, zu einer Wanderung auf. Tatsächlich aber hatten wir uns noch im Zimmer beide ein Stück buntes Löschblatt unter die Zunge gelegt. Zur Auswahl hatte es kleine Quadrate mit dem Bild von Donald Duck, mit einem Regenbogen oder mit einer Palme gegeben.

»Bei denen hier wirst du sehr lustig, bei denen siehst du mehr Farben, und bei denen wird alles wie in einem Spielfilm«, sagte Stella. Wir entschieden uns für die Farben und nahmen zwei *rainbows*.

Vieles ist besser, wenn man jemandem wirklich vertraut. So gut war in meinem Fall das Drogennehmen noch nie gewesen, allerdings auch noch nie so intensiv. Plötzlich waren wir im Park des Internats gelandet – jetzt im Sommer war ja ohnehin niemand außer einem Wärter dort. Und plötzlich sah ich in allen Buchen Köpfe von Klosterschwestern auf Ästen schweben. Ganz egal, wie schnell wir gingen, tausend Nonnenaugen schauten uns nach. Wenn man die Hand schnell durch die Luft sausen ließ, folgte ihr ein Kometenschweif voller Regenbogenfarben. Überhaupt zog alles, was sich schnell bewegte, auch unsere Beine, Farbwellen nach sich.

Lange waren wir in einem dichten Wald; einzelne Blätter glitten umgeben von einem bunt flimmernden Lichtschein zu Boden. So ging es endlos weiter, bis wir erschöpft auf einer Anhöhe ankamen. Wir setzten uns ins Gras und sahen uns gefühlte zwei Stunden lang in die Augen. In den riesigen Pupillen von Stella sah ich mich selbst als fünfjähriges Mädchen spielen. Ich mochte dieses Kind und hatte auf einmal das Gefühl, dass die Welt es noch nicht erkannt hatte. Ich begann zu weinen, aber es waren eher Tränen der Erleichterung.

»Ich kann mich auch in deinen Pupillen sehen«, hörte ich Stella von weitem sagen, doch als was, bekam ich nicht mehr mit.

Alles löste sich auf, es gab keine Menschen mehr auf dem Planeten, nur mehr Bäume und Gras, das ein- und ausatmete. Der gesamte Erdball atmete langsam ein und aus. Ich war mir sicher, dass das die Energie der Urzeit war. Plötzlich verstand ich, dass es dieser Rhythmus war, der allem zugrunde lag.

Ein.

Aus.

Ein …

Aus …

Irgendwann wurde es kalt, und Stella schaffte es für uns beide, den Weg nach Hause zu finden. Noch immer schauten tausend Nonnenaugen von den Baumkronen auf uns herunter. Ich hoffte inständig, dass dieser Spuk zu Schulbeginn wieder vorbei sein und der Park auch für mich wieder ein ganz normaler Park sein würde. Zurück in der Wohnung, gelang es Stella, mich an ihrer Mutter vorbei in unser Zimmer zu lotsen.

»Hello girls, how are you?« Mirandas Stimme hörte sich wie die eines gefährlichen Roboters an. Ich sah sicherheitshalber nur auf meine Füße.

Wir waren überzeugt, dass sich etwas Großes, ja etwas Religiöses für uns ereignet hatte, etwas, das von einem herkömmlichen Alltagsbewusstsein nicht beschmutzt werden durfte.

Jetzt noch nicht.

Im Zimmer setzten wir uns auf den Boden und begannen zu malen, oder besser, wir taten so als ob. Irgendwann schaute Miranda kurz zur Tür herein, um uns eine gute Nacht zu wünschen, und erst als ich ihr ziemlich komisches Gesicht sah, begriff ich, dass ich den Pinsel immer abwechselnd in eine Farbe und in ein Glas voller Rotwein tauchte.

»Hoppla«, sagte ich mit letzter Kraft, und dann brachte ich noch einen Laut heraus, der in etwa so klang wie »oh«. Das schien Miranda zu genügen, und sie ging schlafen.

»Das Runterkommen wird noch eine Weile dauern«, sagte Stella.

Wir halfen uns so gut es ging mit Rotwein und Gras. Ein paar Stunden später war ich immer noch ziemlich aufgewühlt und hatte das Gefühl, dringend all meine Erkenntnisse niederschreiben zu müssen, weil es sich dabei um wichtige Wahrheiten handelte, die mir für den Rest meines Lebens weiterhelfen, ja alles erträglich machen würden. Ich hatte meinen roten Faden gefunden. Mit fahriger Hand drückte ich so fest wie möglich mit dem Bleistift auf und schrieb alles kreuz und quer auf einen großen Bogen Packpapier. Irgendwann schlief ich endlich ein.

Als ich am nächsten Tag um die Mittagszeit aufwachte, schaute ich mir als Erstes – in Erinnerung an das Große – meine Notizen an. Erstaunlicherweise stand nur vollkommener Blödsinn drin. Sätze wie: Alles ist eins. Ich erinnere mich nicht mehr genau, aber ungefähr in dem Stil war das ganze Gekritzel. Paulo Coelho hätte daraus einen Bestseller gemacht, doch für mich war da nichts mehr zu holen. Enttäuscht warf ich die ganzen Aufzeichnungen in den Müll.

Kurz nach unserem Ausflug flog Stella zurück in die USA. Für mich hingegen kam – wie für dreihundert weitere Mädchen, alle Erzieherinnen und die in der Nationalen Lehr- und Erziehungsanstalt wohnhaften Lehrerinnen – der Anreisetag in die Fliegerschule. Ich packte meine Sachen bei Miranda zusammen und ließ mich von einem Taxi hinauf auf den Hügel bringen. Am nächsten Tag würde das neue Schuljahr beginnen.

Den ganzen Sommer über hatte ich kaum an Regina gedacht, ja, angenehmerweise hatte ich sie nach der ersten Ferienwoche einfach vergessen. Doch hier war sie und machte wieder einmal alles richtig. Sonnengebräunt und in einem ärmellosen roten Kleid stand sie mit ein paar Freundinnen auf der obersten Stufe vor dem Eingang und hielt Hof. Nur ganz nebenbei folgte sie dem Gespräch mit den anderen Mädchen; hauptsächlich sah sie triumphierend auf die Ankommenden hinunter. Wer auch immer gerade vorfuhr, sie war bereits hier und bester Laune. *Das hier ist mein Revier*, sagten ihre in die Hüften gestemmten Arme, ihre leicht hochgezogenen Augenbrauen, ihr spöttischer Mund.

Mühevoll sammelte ich unter ihren Blicken meine Reisetaschen zusammen und ging die fünf Stufen zum Eingang hinauf. Als wir auf derselben Höhe waren, sahen wir uns kurz an. Ihre stahlblauen Augen funkelten wie der Nordberger See unter der Augusthitze. Ich dachte an die Spaziergänge mit Miranda und dem auf und ab springenden Wollknäuel von Hund. Der Unterschied zwischen meinem letzten und meinem neuen Jahr im Internat war, dass ich dazwischen ein Leben unten im Ort gehabt hatte. Ein Leben, das nichts mit dem hier oben zu tun hatte.

Kurz überlegte ich, ob ich Regina grüßen oder zumindest anlächeln sollte, doch dann ließ ich es bleiben und schob mein Gepäck durch die Tür.

Mittlerweile waren alle angekommen. Die zwei Schweinchenfrauen, die Schlanke und ich hatten dasselbe Zimmer wie im Vorjahr. Auch die Jethro-Tull-Fan-Gruppe war laut Türschild gleich geblieben. Ich räumte meine Sachen in den versperrbaren Schrank ein, dann ging ich nach nebenan und hielt Ausschau nach Irene. Sie wiederzusehen würde mich jetzt beruhigen. Zu Beginn des Sommers hatte ich gehofft, dass sich etwas in mir stabilisieren würde, doch tatsächlich war in meinem Kopf alles in eine noch größere Schieflage geraten. Sie war nicht da. Unsere Erzieherin, Frau Brühlmayer, kam und notierte alle Anwesenden. Bei Irene machte sie ein Fragezeichen. Auch von den Mitbewohnerinnen wusste keine, warum sie fehlte.

Als wir alle in unseren Betten lagen und die Lichter ausgingen, hatte ich zum ersten Mal Angst, im Traum zu sprechen. Stella hatte mir gegenüber einmal erwähnt, dass sie mich nachts reden gehört hatte, angeblich nur unzusammenhängendes Zeug. Was, wenn es hier deutlicher wäre? Inzwischen, dachte ich, war mein Doppelleben so weit fortgeschritten, dass es dafür auch bei größtem Wohlwollen keine Entschuldigung mehr gab. Was, wenn mein Unterbewusstsein Teile davon verraten würde? Eine der beiden Schweinchenfrauen schnarchte unter mir leise vor sich hin. Hin und wieder knackten die alten Heizungsrohre, ansonsten war alles still. Unruhig schlief ich ein, wachte aber mehrmals wieder auf. Erst als es draußen hell wurde, fühlte sich die Luft über mir wieder leichter an.

Als wir endlich *Ausgang* hatten, ging ich hinunter in das Fotogeschäft und brachte zwei Farbfilme zum Entwickeln. Danach legte ich einen raschen Fußmarsch von zwölf Minuten zurück, bis ich zu einer Telefonzelle außerhalb des Zentrums kam. Die nächste wäre gleich vorne am Hauptplatz gewesen, aber ich wollte sicher sein, dass ich ungestört sprechen konnte. Ich rief bei Irene zu Hause an und ließ es zehnmal läuten, doch niemand hob ab.

Genauso gut hätte ich jetzt Mirandas Nummer wählen und herausfinden können, ob sie an einem meiner Ausgangstage schon früher zu Hause wäre. Doch vor weiteren Besuchen bei ihr drückte ich mich. Trotz all dem Vertrauen, das sie mir entgegenbrachte, hatte ich nicht durchgehalten und unsere Schulbuchidylle zerstört. Ich war schlecht. Wenn ich mich außerhalb der Unterrichtsstunden weiter mit ihr treffen würde, wäre es nur eine Frage der Zeit, bis sie es herausfinden würde.

Ich setzte mich auf den Randstein neben der Telefonzelle und rauchte eine Zigarette. Meine Gedanken fühlten sich wie mit Helium gefüllte Luftballons an; die Schnüre, an denen man sie hätte festhalten können, waren mir entglitten. Der Rauch, den ich ausblies, verflüchtigte sich im Nichts.

Ich rief noch einmal bei Irene zu Hause an, und als wieder niemand abhob, ging ich die Straße zurück in den Ort und nahm von dort den Weg hinauf zum Internat.

Ordnungsgemäß meldete ich mich bei Frau Brühlmayer zurück. Weil noch Zeit bis zum Abendessen war, schlenderte ich ziellos durch den Park. Mauern, Bäume, Steine, Gras. Was bedeuteten die Dinge allgemein, und was bedeuteten sie für mich? Ich fragte mich, wann ich verlernt hatte, die Zeichen zu lesen.

Geschlossen wanderte unsere Klasse nach dem Essen hinauf in die Fliegerschule. Ich ging in unser Zimmer, um meine Geldbörse und ein paar Bücher in mein Schrankabteil zu legen. Als ich die Tür aufschloss, fiel mir auf, dass irgendetwas anders war. Nie hätte ich mein Notizbuch direkt auf die schmutzigen Sportschuhe gelegt. Eine meiner Blusen war vom Haken gerutscht und lag daneben. Es wirkte so, als ob jemand meine Sachen durchsucht hätte. Dann fiel mir auf, dass meine goldene Uhr fehlte. Sie war von Cartier, ein Weihnachtsgeschenk des Cadillacfahrers. Dass sie jetzt nicht mehr neben meinem Tagebuch lag, war mir egal, ich hatte sie ohnehin nie getragen. Ich sperrte den Kasten wieder ab. Dann setzte ich mich hin und schrieb einen Brief an Irene.

Liebe I.,
ich vermisse Dich und hoffe, Du bist nicht ernsthaft erkrankt. Einen anderen Grund dafür, dass Du noch nicht hier bist, weiß ich nicht. In der Schule zu sein ist auf jeden Fall nicht dasselbe ohne Dich. Lass von Dir hören oder komm am besten, sobald Du kannst!
PS: Wir essen hier seit drei Tagen Mohn (in den Dir bestens bekannten Variationen), es wurde wohl schon wieder zu viel davon gekauft.

Am nächsten Tag kam Brühlmayer in der großen Pause in unsere Klasse und gab bekannt, dass Irene Scharlach hätte und ab kommender Woche wieder hier sein würde. Mein Brief an sie war also hinfällig; in der Studierstunde zerriss ich ihn.

Am Wochenende blieb ich im Internat, was Brühlmayer, die außerhalb der Ferienzeiten immer hier wohnte, irgendwie zu rühren schien. Sie besaß das einzige Fernsehgerät in der Fliegerschule, und am Samstagabend lud sie mich auf ihr Zimmer ein, um mit ihr eine Musikshow anzusehen. Wir aßen Chips, und Brühlmayer trank dazu ein paar Gläser Weißwein. Als die Sendung vorüber war, holte sie umständlich einen kleinen Kofferplattenspieler hinter ihrem Bett hervor und legte eine Schallplatte drauf.

»Ich will dir noch dieses Lied vorspielen, dann wirst du mich besser verstehen«, sagte sie mit deutlich hörbarem Zungenschlag, und dann setzte sie mit ihrem dicken Walkürenarm feierlich den Tonarm auf.

Ich strengte mich an, interessiert und freundlich dreinzuschauen, als aus dem integrierten Lautsprecher Volksmusik mit Gitarren und Ziehharmonika zu scheppern begann. Dazu sang eine launige Männerstimme. Der Text ging ungefähr so:

Olle miasst's ia wiss'n
doss i mei Heaz
am richtig'n Fleck hob
weil i bin a goa ned a so
wie's olle imma glaub'n
weil i mei Heaz
am richtig'n Fleck hob …

Wie alle intimen Momente zwischen Erwachsenen und Jugendlichen hatte auch dieser etwas Beklemmendes. Sobald das Lied aus war, stand ich auf und und knipste mein Engelslächeln an:

»Jetzt bin ich wirklich todmüde. Vielen Dank für den schönen Abend.«

»Du bist in Ordnung«, lallte Brühlmayer und klappte den Deckel ihres Plattenspielers wieder zu.

Am Montag kam Irene zurück und mit ihr endlich so etwas wie Normalität. Sie war durch die Krankheit noch magerer geworden; im Gesicht, am Hals und an den Armen schuppte sich ihre Haut. Über den Sommer schien sie noch einmal um ein Stück gewachsen zu sein, nur ihre abgekauten Finger waren dieselben. In einem unbeobachteten Augenblick nahm ich sie in der ersten großen Pause kurz bei der Hand.

Später am Nachmittag schlichen wir uns zur Feier unseres Wiedersehens in die hinterste Ecke im Park und rauchten einen Joint. Stolz erzählte ich ihr von meinem Ausflug mit den Nonnenköpfen in den Bäumen, und hinter vorgehaltener Hand, damit uns niemand hörte, lachte sie sich dabei halbtot.

Der Rest der Woche zog sich dahin. Die Termine für die Schularbeiten wurden festgesetzt. In der Französischstunde kündigte Frau Drucker den Lehrstoff der kommenden Monate an. Dann sagte sie:

»Ein Jahr vor der Matura gibt es kein Pardon mehr für die Faulen und Nachlässigen unter euch!«

Ab sofort hatten wir ein neues Unterrichtsfach: Kochen. Jeden Donnerstagnachmittag standen wir dazu mit unserer bisherigen Handarbeitslehrerin, die jetzt als unsere Hauswirtschaftslehrerin bezeichnet wurde, in der Schulküche und werkten nach ihren Anweisungen drauflos. Wir mussten weiße Schürzen tragen, dazu eine weiße Kopfbedeckung im Stil einer Duschhaube, und die idiotischsten Rezepte ausführen – etwa sogenannte Komtessenkartoffeln mit dem Spritzsack auf Backbleche drücken oder komplizierte Schinken-Spinat-Rouladen aufschneiden und mit Béchamelsoße übergießen. Ich fragte mich, wozu. In keinem einzigen der zahlreichen in- und ausländischen Restaurants, die ich mit dem Cadillacfahrer und meiner Mutter besucht hatte, hatte je eines dieser Gerichte auf der Speisekarte gestanden.

Schon in der ersten Doppelstunde mussten sich Irene und ich während des Zusammenrührens der Zutaten fast übergeben. Hinterher weigerten wir uns, das Ergebnis zu essen, was jeder von uns eine Eintragung im Klassenbuch einbrachte.

Auch an diesem Wochenende blieb ich im Internat und Irene mit mir. Die meiste Zeit lagen wir in ihrem Zimmer auf einem der unteren Stockbetten herum und hörten Musik.

»Weißt du eigentlich schon, was du nach der Matura machen willst und wo du später leben wirst?«

»Ich hab noch keine Idee«, sagte Irene. Es beruhigte mich, dass sie genauso planlos war wie ich.

Ich dachte an Stella und an meinen Cousin und fragte mich, wie es ihnen wohl gerade ging. Ich dachte daran, dass Stellas Küsse nach einer fremden Sonne geschmeckt hatten, die meines Cousins hingegen nur nach Bazooka-Kaugummi. Danach fiel mir komischerweise Mirandas Hündchen ein. Ob es wirklich so wichtig war, dass es sich geliebt fühlte? Miranda glaubte jedenfalls fest daran.

In der Nacht von Sonntag auf Montag setzten die ersten Herbstunwetter ein. Der Wind pfiff über die Felder und peitschte den Regen an die Fensterscheiben. Als wir in der

Früh bei strömendem Regen unten im Schloss ankamen, stand ein Polizeiauto vor dem Eingang. Niemand wusste, warum. In der ersten Stunde hatten wir Mathematik mit Dr. Berger; wir versuchten, aus seinen Gesichtszügen irgendwelche Zusammenhänge herauszulesen, doch er verhielt sich wie immer. In der kleinen Pause ging ich zu einem der hohen Fenster im Gang und wischte mit dem Ärmel meines Pullovers über die beschlagene Scheibe. Ich sah, dass der Wagen noch immer in der Einfahrt stand.

Zweite Stunde, Französisch mit Frau Drucker. War sie heute noch strenger als sonst? Vielleicht bildete ich es mir nur ein. Als es zur großen Pause klingelte, fiel mir zum ersten Mal auf, dass Regina fehlte. Beim Frühstück hatte sie noch schräg gegenüber von Irene und mir am langen Tisch gesessen.

Es folgten Physik und Biologie. Auf dem Weg zum Mittagessen registrierte ich, dass die Einfahrt wieder frei war. Es hatte zu regnen aufgehört; jetzt glänzten die nassen Blätter der Sträucher unter dem heller werdenden Wolkenhimmel wie lackiert. Als ich in den Speisesaal kam, sah ich Brühlmayer mit unserer Hauswirtschaftslehrerin beim Buffet stehen. Sie unterhielten sich leise und wirkten dabei auffallend nervös.

Am Nachmittag wurde ich während der Studierstunde plötzlich von der Direktorin aus dem Klassenzimmer gerufen. Als ich auf den Gang hinaustrat, sah ich, dass hinter ihr zwei Polizisten standen.

»Du holst dir am besten deinen Mantel«, sagte sie.

Kurz darauf saß ich hinter den beiden uniformierten

Männern im Fond eines weißen VW Golf. Wortlos fuhren wir in den Ort hinunter.

Das Kommissariat befand sich in einem schmucklosen hellgrauen Gebäude in einer Seitengasse der Hauptstraße. Es war mir an meinen Ausgangstagen oder in meiner Zeit bei Miranda nie aufgefallen. Der Polizist, der am Steuer gesessen hatte, half mir aus dem Wagen, während der andere irgendwelche Zahlen in sein Funkgerät sprach. Sie brachten mich in einen Verhörraum ohne Fenster.

»Warten Sie bitte hier«, sagte einer der beiden knapp und deutete auf einen Tisch mit zwei Holzstühlen. Es war das erste Mal, dass mich jemand, der kein Kellner in einem Nobelhotel war, mit *Sie* ansprach. Die Polizisten gingen hinaus und schlossen die Tür.

Wenn man, was die eigene nähere Zukunft betrifft, vollkommen im Dunkeln tappt, schaltet das Gehirn auf Notstromaggregat. Möglicherweise wird man in einer Stunde als Mitglied dieser Gemeinschaft ausgeschlossen worden sein. Möglicherweise tätscheln einem in einer Stunde Erwachsene schuldbewusst die Schulter und reichen einem beruhigenden Tee. Man hält beides für möglich. Nervenzellen signalisieren dem im Schockzustand aktiven Resthirn, auf den ersten Gang hinunterzuschalten – wer weiß, wann es mit der Energiezufuhr wieder klappt. Man sitzt also da und denkt an nichts. Man hört sich atmen, registriert den eigenen Herzschlag. Dort, wo sich sonst Bilder und Worte ins Bewusstsein drängen, hat sich ein riesiger Wattebausch breitgemacht. Man nimmt diese Vorgänge – trotz allem – belustigt zur Kenntnis.

Eine gefühlte Ewigkeit später kam ein neuer Polizist bei der Tür herein und setzte sich mir gegenüber an den Tisch. Fein säuberlich legte er zwei Mappen und ein paar lose, vorgedruckte Zettel vor sich hin, den Kugelschreiber behielt er in der Hand. Er war älter als die beiden anderen; das Haar immer noch dicht, aber schon mehr silbern als braun. Typ: Onkel mit Autorität.

»Sie heißen ... Sie sind ... Sie gehen seit ...«

Er fragte mich Dinge, die er alle längst wissen musste, und trug sie in ein Formblatt ein. Sollte das hier kein Witz, sondern Ernst sein, dann hatte ihm die Internatsleitung bestimmt längst alle Unterlagen zu meiner Person ausgehändigt. Er schrieb in spitzen Blockbuchstaben. Nach einer Weile legte er den Kugelschreiber beiseite und begann umständlich, alle Papiere exakt aufeinander zu legen und auf eine imaginäre Linie zu schieben, die parallel zur Tischkante verlief.

»Nun«, sagte er und räusperte sich. Zum ersten Mal sah er mich dabei direkt an.

»Sie sitzen hier, weil Sie unter Verdacht stehen, mit illegalen Substanzen auf dem Schulgelände zu handeln. Sie sollen Cannabis und Heroin an Mitschülerinnen verkauft haben. Genauer gesagt, eine dieser Mitschülerinnen, die wir heute aus anderen Gründen in Verwahrung nehmen mussten, hat Sie angezeigt.«

Seine Ansage blies mich um. Das Verhörzimmer, in dem wir saßen, schien plötzlich von einem einzigen hohen Summton erfüllt. Auch die restlichen Zellen meines Körpers schalteten auf Überlebensmodus.

Ich nutzte meine Sprachlosigkeit, um mich in der neuen Rolle, die ich ab sofort spielen musste, überrascht, empört und vor allem niedergeschmettert zu geben:

»Das ist die Fantasie eines sehr kranken Gehirnes«, sagte ich mit fester, aber hoher Mädchenstimme und legte eine kunstvolle Pause ein. Dabei riss ich die Augen weit auf und schaute ihm lange und hochkonzentriert ins Gesicht. Ich wusste, dem Blick standhalten, das wurde allgemein von jedem Gegenüber als *ehrlich* verbucht.

»Haben Sie ... Sie haben also nicht ...«

Er ließ nicht locker und fragte die mehr oder weniger gleiche Frage auf siebzehn verschiedene Arten.

»Wer kann denn so etwas einfach behaupten, wie kommt denn diese Personen darauf ...« Ich musste herausfinden, ob es Beweise gab.

Er packte seine Unterlagen zusammen und stand auf.

»Denken Sie bitte noch einmal gut nach.«

Dann ging er hinaus.

Mir fiel ein, dass ich gerade die Teestunde versäumte; heute hätte es Apfelkuchen gegeben. Wenn man lange genug im Internat war, mochte man ihn, weil der Teig zwar trocken, aber die Äpfel darauf süß und saftig waren.

Meine Großmutter – die, zu der ich offiziell an all meinen Wochenenden in Wien gefahren war – schickte mir zwei- bis dreimal im Monat einen selbstgebackenen Nussstollen, der so langweilig schmeckte, dass ich ihn jedes Mal sofort weiterschenkte. Manchmal überstand er den Postversand nicht und kam als Bröselhaufen an. Dann schmiss ich ihn sofort in den Mist. Vielleicht ließ mich das Schicksal deshalb jetzt seine harte Hand spüren. Ich nahm mir vor, den Nussstollen das nächste Mal mehr zu würdigen. Ich nahm mir vor, meiner Großmutter zu schreiben.

Wenn etwas Gutes von mir ausgeht, wird etwas Gutes auf mich zurückkommen.

Meine Collegeschuhe klebten auf dem grauen Linoleumboden fest. Jedes Mal, wenn ich einen Fuß hob, machte es ein schrilles Geräusch.

Irgendwann kam der Polizei-Onkel in Begleitung der anderen beiden Männer zurück. »Wir werden uns weiter unterhalten müssen«, sagte er, »aber für heute ist es genug.«

Dann brachte mich das Duo von vorher ins Schloss zurück.

Im Speisesaal hatte gerade das Abendessen begonnen. Was wusste man hier? Frau Brühlmayer saß am Kopf der Tafel und schien genau so freundlich zu mir zu sein wie bisher. Regina fehlte immer noch. Als sich Irene neben mich setzte, drehte ich mich kurz zu ihr.

»Wir müssen reden«, flüsterte ich, »aber nicht hier.«

Auf dem Weg in die Fliegerschule erklärte ich ihr, was los war. Wir beschlossen, das restliche Gras sofort im Klo hinunterzuspülen und alle anderen Spuren zu beseitigen. Was auch immer sie uns vorwerfen würden, wir mussten bei unserer Version bleiben, dass alle Anschuldigungen erlogen waren.

Als die anderen Zähne putzen gegangen waren, wischte ich meinen Kasten feucht aus. Morgen vor dem Weggehen würde ich ihn noch parfümieren. Ich öffnete das Fenster und schmiss nacheinander die kleine Pfeife und die *roach clip* so weit ich konnte in die Sträucher hinaus.

The Wind is low the birds will sing
That you are part of everything

Erschöpft lag ich auf dem Bett und versuchte einzuschlafen. Dabei kam es mir so vor, als wäre irgendwo in der Ferne ein Beatles-Song zu hören.

Ich dachte an den letzten Sommer mit Stella. Unruhig winkelte ich mehrmals die Beine an und streckte sie wieder aus. Dann endlich segelte mein Bewusstsein auf den imaginären Tönen davon.

Dear Prudence, won't you come out to play?

In den ersten zwei Stunden hatten wir Chemie und Deutsch. Um zehn schaute unser Klassenvorstand, Frau Professor Hohenberg, zur Tür herein und signalisierte mir diskret, dass man mich draußen erwartete. Vor dem Eingang standen die Polizisten vom Vortag, hinter ihnen der weiße VW Golf. Schweigend fuhren wir ins Kommissariat.

Diesmal legten sie gleich los. Nachdem ich ins Verhörzimmer gebracht worden war, kam der Onkel mit seinen Mappen unter dem Arm. Einer der beiden jüngeren Polizisten brachte noch einen Sessel, dann setzten sie sich beide gegenüber von mir hin.

»Wir wollen das heute alles noch einmal ganz genau durchgehen«, sagte der Ältere und legte wieder mit den endlosen Fragen von gestern los. Sein Kollege hakte regelmäßig nach, offensichtlich schienen sie mich in die Enge treiben zu wollen.

»Sie wissen, was für Sie auf dem Spiel steht?«

»Nein, das weiß ich nicht, aber diese Frage stellt sich mir

auch nicht, weil ich mir nichts habe zuschulden kommen lassen.« Ich versuchte, ruhig zu bleiben. Etwa eine Stunde verging. Man brachte mir ein Glas Wasser.

»Themenwechsel«, sagte der Jüngere. »Ist es richtig, dass Sie Ihrer Klassenkollegin, Regina Kern, eine goldene Uhr geschenkt haben?«

»Nein.«

»Aber Sie wissen, warum wir Fräulein Kern hier festhalten?«

»Nein, das weiß ich nicht.«

»Nein?!«, rief er mit aufgerissenen Augen, und dabei schwoll eine Ader auf seiner Stirn bläulich an. »Sie wissen nichts von irgendwelchen Diebstählen oder waren vielleicht sogar daran beteiligt?«

Ich verstand nur Bahnhof, und diesmal musste ich es gar nicht spielen, sondern sah die zwei Bullen ganz von selbst mit großen Augen an.

»Nun«, sagte der Onkel, »Frau Kern befindet sich seit gestern in Polizeigewahrsam. Sie wird verdächtigt, in mehreren Geschäften von Nordberg Schmuck und andere Waren im Wert von fünfhunderttausend Schilling gestohlen zu haben. Im Zuge unserer Ermittlungen hat sie die Anzeige gegen Sie gemacht.«

Schön langsam dämmerte es mir. Die perfekte Superschülerin hatte mich angeschwärzt, um von ihrer eigenen Katastrophe abzulenken und die Polizei auf eine andere Fährte zu locken. Ich war verblüfft. Ein Spiel mit so hohem Einsatz hätte ich ihr nicht zugetraut.

In meinem Kopf ergab das folgende Schlussrechnung:

Möglicherweise hatte die Polizei gegen keine von uns stichhaltige Beweise in der Hand. Trotzdem würde eine von uns daran glauben müssen – der Skandal war für die Schule einfach zu groß. Diejenige, die ihre Sache überzeugender brachte, würde am Schluss gewinnen.

Es war eigentlich ganz einfach: Alles lief auf ein Kräftemessen zwischen mir und Regina hinaus.

Rechtzeitig zum Mittagessen war ich wieder zurück. Im Speisesaal warf ich Irene auf dem Weg zum Buffet einen vielsagenden Blick zu. Ansonsten war ich bemüht, mich möglichst gelassen zu bewegen und dadurch wie ein Mensch mit reinem Gewissen zu wirken. Es gab Mohnnudeln, aber ich hatte ohnehin keinen Hunger; pro forma stocherte ich so unbeschwert wie möglich auf zwei von den fingerdicken, schwarz-gelben Gebilden herum.

Als ich kurz von meinem Teller aufsah, stellte ich überrascht fest, dass Regina am anderen Ende der Tafel saß. Sie war es also, die sich an meinem Schrank zu schaffen gemacht und meine Uhr gestohlen hatte. Die konnte sie gerne behalten, mir lag nichts daran. Ich suchte ihren Blick, doch sie tat so, als würde sie mich nicht sehen. Sie war leichenblass, schien aber eine harmlose Unterhaltung mit ihren beiden Tischnachbarinnen zu führen.

Den Rest der Zeit beobachtete ich Frau Brühlmayer. Sie war ernster und wortkarger als sonst, ließ sich aber nichts anmerken. Plötzlich behandelte sie uns alle mit der gleichen unverbindlichen Zuvorkommenheit. Das hatte es vorher nie gegeben; jede Erzieherin hatte ihre Lieblinge und ihre Sündenböcke, aber Brühlmayer war im Verteilen ihrer

Sympathien besonders ungerecht. Irene zum Beispiel schikanierte sie schon allein deshalb, weil sie aus einer Ortschaft kam, in der Brühlmayer, wie sie gerne erwähnte, noch nicht einmal begraben sein wollte. Ihr Bruder hatte dorthin geheiratet, und seitdem war es mit ihm angeblich nur mehr bergab gegangen. Dass sie sich jetzt uns allen gegenüber so freundlich zeigte, bewies nur, wie ernst man die aktuelle Situation in der Direktion und im Lehrerzimmer einschätzte.

Am Nachmittag wies mich die Hauswirtschaftslehrerin im Kochunterricht an, Eier aus dem Kühlraum zu holen. Während ich danach suchte, entdeckte ich den Grund für unsere häufigen Mohngerichte: Auf dem Boden standen zwei offene Zehn-Kilo-Säcke voll mit ranzig riechenden Samen. Die Schulküche hatte also in den letzten Wochen jede Menge abgelaufenen Mohn verkocht. Fast hätte ich mich übergeben.

In der Parkstunde setzte ich mich kurz mit Irene auf eine der vorderen Bänke und weihte sie in die Aktivitäten von Regina ein.

»Das Luder«, sagte sie und pfiff zwischen ihren Schneidezähnen die Luft hinaus. Mehr fiel ihr dazu nicht ein. Es wäre sinnlos gewesen, nach hinten zu den Büschen zu gehen, wir trauten uns jetzt nicht mehr, irgendwo auf dem Gelände eine Zigarette zu rauchen. Ich ging zurück in die leere Klasse, holte mein Französischbuch und setzte mich bis zum Abendessen freiwillig ins Studierzimmer.

Ab sofort trug ich nur mehr meinen grauen Faltenrock mit der weißen Bluse, dazu flache Spangenschuhe. Ich passte im Unterricht auf; irgendwie musste die Zeit ja vergehen.

Zwei Polizisten kamen in die Schule und befragten hintereinander alle Mädchen aus unserer Klasse, bis auf Regina und mich. Dafür wurde ihnen das Lehrerzimmer neben der Direktion im ersten Stock zugewiesen. Damit es weniger dramatisch wirkte, war es Professor Hohenberg, die das jeweilige Mädchen aufrief und hinauf zu den Polizisten brachte. Sie ging nach dem Alphabet vor.

Innerhalb von nur zwei Pausen übertrug sich die Aufregung in unserer Klasse auf die gesamte Schule. Zu Mittag machte das Geschehen im Speisesaal den Eindruck eines hysterischen Bienenschwarms. Ich stellte mich, soweit es ging, unwissend und verwendete den größten Teil meiner Energie darauf, meinen Pulsschlag unter Kontrolle zu halten.

Wie in einem komplizierten Wasserballett achteten Regina und ich darauf, dass wir uns nie allein auf dem Gang oder auf den Toiletten begegneten, ansonsten ignorierten wir einander.

Trotz der Ereignisse durften wir unseren Ausgangstag nehmen. Bis auf weiteres sollten wir wohl, so die Entscheidung der Schulleitung, Normalität leben. Irene und ich gingen hinunter in den Ort und setzten uns ins Stadtcafé. Wenigstens dort konnten wir rauchen.

Auf dem Rückweg machte ich einen kurzen Umweg über das Fotogeschäft. Irgendwie rechnete ich damit, dass meine entwickelten Filme konfisziert worden waren, doch die Verkäuferin händigte sie mir problemlos aus. Ich bezahlte und packte die Bilder ohne sie anzusehen in meine Tasche.

Interessanterweise hatte die Schule meine Eltern noch nicht informiert. Wollten sie stichhaltigere Beweise abwarten? Egal, ich konzentrierte mich jetzt nur mehr auf das Allernotwendigste.

Weil ich kaum mehr schlief, borgte ich mir von der schlanken Zimmernachbarin einen Abdeckstift für meine Augenringe aus. Es war schwierig, sich in den stinkenden Waschräumen zu schminken – die schlechte Luft passte nicht zum Thema Verschönerung –, aber irgendwie schaffte ich es.

Beim Frühstück zwang ich mich, drei ganze Marmeladensemmeln zu essen. Irgendein Gefühl sagte mir, dass es gut wäre, eine Unterlage zu haben.

Interessant war, dass sich auch keine der Lehrerinnen, die mich mochten, also weder Miranda noch Drucker, an mich wandten. Scheinbar war von der Direktion die Order ausgegeben worden, sich nicht in die laufende Untersuchung einzumischen. Ich hätte ihre Hilfe ohnehin nicht brauchen können und war froh, dass sie mich in Ruhe ließen.

Nach dem Mittagessen kam mir auf dem Gang Regina entgegen, zum ersten Mal begegneten wir einander allein. Während ich langsam auf sie zuging, sah sie wie versteinert durch mich hindurch. Dann, eine Sekunde, bevor sich unsere Wege kreuzten, hob sie verächtlich das Kinn und rauschte an mir vorbei.

Den Rest des Tages wartete ich einfach nur, dass irgendetwas passierte. Etwas, das den bisherigen Ereignissen einen

Rahmen verlieh. Etwas, das dem weiteren Verlauf der Geschichte eine Richtung geben würde. Doch nichts geschah.

Am nächsten Morgen, wir hatten uns gerade angezogen, hielten zwei Polizeiautos vor der Fliegerschule. Die beiden Schweinchenfrauen, die Schlanke und ich beobachteten durch das Fenster, wie vier Männer in Uniform ausstiegen und auf das Gebäude zustürmten. Kurz darauf stand Brühlmayer in unserem Zimmer:

»Alle Mädchen müssen raus aus dem Haus«, rief sie und schnappte nach Luft. »Ihr stellt euch bitte auf dem Vorplatz auf und wartet dort auf weitere Anweisungen.«

Nach ihr kamen zwei Beamte herein. Während wir unsere Mäntel nahmen und hinausgingen, fingen sie an, unsere Betten zu durchsuchen. Zuletzt sah ich, wie Brühlmayer mit dem Generalschlüssel unsere Kästen aufsperrte.

Hundertachtzig Mädchen und vier Erzieherinnen, darunter Drucker und Hohenberg, standen auf dem asphaltierten Platz. Niemand von uns sprach ein Wort. Zum ersten Mal in diesem Herbst roch die Luft nach Schnee. Ich knöpfte meinen Mantel bis oben zu, und dabei dachte ich an den Muff aus weißem Kaninchenfell, den mir meine Großmutter einmal zu Weihnachten geschenkt hatte. Wahrscheinlich lag er noch unter unzähligen Wollmützen und Schals in einem der Schränke in meinem Mädchenzimmer. Gerne hätte ich jetzt meine Hände darin vergraben.

Die ersten beiden Männer kamen wieder aus dem Gebäude heraus. Sie gingen auf Hohenberg zu, einer von beiden schien irgendetwas zu sagen, dann ließen sie sich von ihr zu Regina führen. Regungslos stand sie in einer der hintersten Reihen. Die Polizisten fassten sie an ihren Oberarmen, und während sie sie an uns vorbeischoben, dachte ich, dass sie die mittlerweile fast durchsichtige Haut in Kombination mit ihren dunklen Haaren noch attraktiver machte. Die Polizisten brachten sie zu einem der Streifenwagen und setzten sie hinten hinein. Die anderen beiden Männer trugen eine Reisetasche aus dem Haus und legten sie in den Kofferraum des zweiten Autos, sie schien schwer zu sein. Danach fuhren sie geschlossen ab.

»So, und wir gehen jetzt alle hinunter in den Speisesaal«, brüllte Brühlmayer.

Langsam setzte sich die Kolonne in Gang. Ich blieb stehen und sah den vielen Schuhen nach, die sich jetzt den Hügel hinunterbewegten, dann trottete ich als Letzte hinter den anderen her. Nach ungefähr zehn Minuten Fußmarsch war hinter einem Stück Wald das Schloss zu erkennen. Obwohl wir in seine Richtung gingen, schien es sich durch die kalt flimmernde Luft von uns wegzubewegen. Von hier oben wirkte es abweisend und in sich gekehrt, so als ob es beschlossen hätte, sich nicht mehr länger von all den Menschen, die sein Inneres wie Irrlichter durchkreuzten, stören zu lassen.

Die erste Stunde entfiel, und wir durften länger als sonst frühstücken. Zu Beginn der zweiten Schulstunde kam die Direktorin in unsere Klasse, stellte sich vor der großen Tafel auf und erklärte mit knappen Worten, dass Regina Kern aufgrund erdrückender Beweise verhaftet worden sei und vor ein Jugendgericht käme.

»Wir werden sie hier nicht vermissen«, sagte sie zum Abschluss, und dann deutete sie mit einer forschen Kopfbewegung auf unseren Mathematik-Professor, Dr. Berger, was hieß, dass dieser mit seinem Unterricht beginnen konnte.

Ich hatte gewonnen.

In der kommenden Nacht schlief ich so tief wie schon lange nicht mehr. Nachdem Frau Brühlmayer uns geweckt hatte, stand ich rasch auf und zog mich an. Dann ging ich, ohne um Erlaubnis zu fragen, zum Münzapparat im oberen Stock und rief meine Mutter an.

»Hallo?«

»Lasst mich bitte nach Hause kommen, ich halte es hier vor lauter Heimweh nicht mehr aus.« Nach der Anspannung der letzten Tage brachen die Tränen ganz von selbst aus mir heraus. Ich schluchzte in den Hörer; von den Verhören sagte ich nichts.

»Ach ... Ich hatte ja keine Ahnung, dass es dort so schlimm für dich ist.«

»Doch, das ist es.«

»Gut, dann beruhig dich, Liebes ... Ich schicke jetzt gleich ein Telegramm an die Schulleitung.«

Erleichtert legte ich auf. Auch wenn der Vorwurf, mit Drogen zu dealen, gegenüber der Polizei nicht bestätigt werden konnte – seit dem ersten Tag der Verhöre stand ich unter Beobachtung aller Erzieherinnen und des gesamten Lehrpersonals. Früher oder später wären meine Aktivitäten aufgeflogen. Insgeheim gratulierte ich mir daher zu meinem Schachzug: Noch am selben Tag bekam ich die Erlaubnis, meine Koffer zu packen.

Meine überraschende Abreise ließ wenig Zeit für große Abschiede. Die Direktorin und Brühlmayer zeigten sich verblüfft und wünschten mir alles Gute. Irene stand mit ihren viel zu großen Jeans in meinem Zimmer und überreichte mir zwei mit hellrotem Wollfaden umwickelte Bücher. Es waren ihre Rilke-Gedichtbände.

Während ich vor der Fliegerschule auf das Taxi zum Bahnhof wartete, kam mir Frau Drucker mit ihren Französischbüchern unter dem Arm entgegen. Als sie vor mir stand, blieb sie eine Sekunde lang stehen, dann wandte sie sich abrupt ab und ging weiter den Kiesweg hinunter. Ich wusste, dass ich in ihren Augen versagt hatte. Genauso wie ich wusste, dass es für all das Gute, das sie möglicherweise in mir gesehen hatte, schon seit vielen Jahren zu spät war.

Im Zug nach Fretting öffnete ich das Kuvert mit den Fotos, die ich zuletzt entwickeln hatte lassen: Stella und ich, auf der Wiese sitzend an unserem *Rainbow*-Ausflugstag. Mehrere Nahaufnahmen. In unseren tellergroßen Pupillen spiegeln sich Baumkronen und Wolken. Woran ich mich nicht mehr erinnern konnte, war, dass wir unsere Stirn und Wangen mit Farben bemalt hatten. Auf den Schwarzweißabzügen sehen wir wie zwei Stammeskriegerinnen aus. Amazonen mit Kinderaugen.

Zu Hause war alles wie immer. Personal wischte und kehrte durch Zimmerfluchten und Parkanlagen, während meine Mutter Koffer ein- und auspackte, zum Innendekorateur und zur Schneiderin fuhr. Mein Zimmer war für mich bereitgemacht worden, aber letztlich machte es keinen großen Unterschied, ob ich da war oder nicht.

Ich wechselte an eine neue Schule. Um nicht noch einmal durchzufallen, musste ich Nachhilfeunterricht in Mathematik und Physik nehmen. Ein Lehrer kam zweimal die Woche ins Haus, aber wenig von dem, was er mir vortrug, blieb in meinem Nebelhirn hängen; letztlich saß ich die Zeit mit ihm nur ab. Um etwas Spannung in unsere Verabredungen zu bringen, zeigte ich ihm nach einer unserer Doppelstunden eine sonderbare Stelle im oberen Garten. Die Erde am Rand der Wiese war hier immer nass und dunkelrot eingefärbt. Ich erklärte ihm, dass es sich um das Blut eines Schloss-Ahnen handelte, welches immerfort sprudelte, und dass niemand wisse, woher es kam. Er zeigte sich irritiert. Nach einer Weile glaubten wenigstens meine Mutter und meine Schwester an das von mir behauptete düstere Geheimnis. Ein angenehmer Grusel wehte von nun an durch das Schloss und gab uns das Gefühl, Teil von etwas Größerem zu sein.

Dann kamen die Sommerferien. Mein Vater setzte unseren Bruder vor dem Eingang ab, damit dieser die ersten Wochen bei uns verbringen konnte, winkte mir durch die Fensterscheibe seines Mercedes zu und fuhr wieder ab. Wir reisten nach Deauville, wo meine Mutter und der Cadillacfahrer im ersten Hotel an der Strandpromenade residierten. Für meine Geschwister und mich hatten sie ein kleines Apartment in der Nähe angemietet. Natürlich wäre uns der Aufenthalt in so einem Luxuskasten viel zu langweilig gewesen; klar war aber auch, dass sie sich dadurch viel Geld ersparten. Jeden Abend fanden in den Festsälen ihres Hotels

Bridge-Turniere statt, an denen sie im langen Abendkleid und Smoking teilnahmen, während wir angenehmerweise uns selbst überlassen waren.

Vormittags gingen wir an den Strand. Mein Bruder und meine Schwester hüpften durch die Wellen und jagten sich gegenseitig mit einem Softball; ich lag träge in meinem neuen gelb-weiß-karierten Fiorucci-Bikini (Fünfziger-Jahre-Stil) auf dem heißen Sand und ließ kleine Muschelschalen durch meine Finger rieseln. Ein zarter, warmer Wind wehte vom Meer herein und erfüllte den ganzen Ort mit dem Duft von frischen Austern und Hummer.

Manchmal kam unsere Mutter vorbei und holte uns für ein schnelles Mittagessen auf der Terrasse des Seebad-Hotels ab. Wir Kinder hatten vom Cadillacfahrer ein dickes Bündel bunter Franc-Scheine als Taschengeld erhalten, und wann immer es uns ausging, trafen wir ihn hinterher kurz in der Bar, wo er sich mit einer glosenden Zigarre im Mundwinkel durch die Wirtschaftsseiten von *Le Monde* und *Le Figaro* blätterte. Wir sagten kurz hallo, und er holte neue, knisternde Banknoten aus seiner Hosentasche.

Auch die Nachmittage verbrachten wir am Strand, aber sobald es dämmerte, liefen wir mit unseren prall gefüllten Börsen in den Supermarkt, wo wir uns so viel Cola, Dosenravioli, Eis und Chips kauften, wie wir wollten. Mit unzähligen Papiertüten bepackt gingen wir zurück in unser Apartment und spielten *Abendessen*, bevor wir uns die halbe Nacht durch französische Fernsehkanäle zappten.

Einmal, es war ihr bridgefreier Abend, nahmen uns meine Mutter und der Cadillacfahrer mit zum großen Diner im

Hotelrestaurant. Wir hatten den Auftrag bekommen, uns besonders fein anzuziehen; jetzt saßen wir, geputzt und frisiert, unter den üppigen Kristalllustern des Saales zwischen lauter alt gewordenen Millionären – Selfmade-Männer und Erben aus aller Welt, deren Frauen mit alten Händen voller Brillantringe nach Stoffservietten tasteten. Um jeden Tisch wirbelte ein ganzes Kellnerballett. Ich war mittlerweile braungebrannt und trug ein schmales Kleid aus weißem Seidengeorgette, das meine Mutter für gut befunden hatte. Als ich zwischen Käse- und Dessertgang über eine Flut von Teppichen zur Toilette ging, kam mir ein junger Kellner entgegen, der auf seinem rechten Arm ein Silbertablett mit Karaffen und Gläsern balancierte. Er sah mich, und für den Bruchteil einer Sekunde zuckten seine Schultern zusammen. Dann stolperte er, und noch während er das tat, versuchte er mit einer halben Pirouette das Schlimmste zu verhindern, um dann in einen Tisch zu segeln und dabei eine Batterie von Baccara-Gläsern über die Speiseteller der Gäste zu gießen. Offensichtlich stach ich zumindest hier inmitten all der Greise wie ein einzelner Stern heraus.

Nach einer Woche begannen mich unsere täglichen Strand- und Supermarkt-Rituale zu langweilen. Gab es außer mir keine Menschen in diesem verschlafenen Ort, die sich nach Leben sehnten? Wie ein großes Fragezeichen schwebte dieser Gedanke über mir, als ich mit meinen Geschwistern über die Strandpromenade ging und ein alter Mercedes parallel zu uns im Schritttempo die Straße entlangfuhr. Laute Dub-Musik dröhnte aus seinen offenen Fenstern, drinnen saßen vier junge Männer mit kurzrasierten Haaren und langen Koteletten. Während ihre Köpfe weiter im Takt des Zeitlupensounds wippten, lächelten sie in meine Richtung.

»Hello, beautiful girl.«

»Hello, strange boys.«

So lernten wir eine Ska-Band aus Paris kennen. Weil sie sich kein Hotel leisten konnten, ließ ich sie bereitwillig mit ihren Schlafsäcken bei uns im Apartment auf dem Fußboden wohnen. Mein Bruder und meine Schwester protestierten lautstark, aber weil sie kleiner waren als ich, nahm ich sie keine Sekunde lang ernst. Zum Dank bauten die Musiker in unserem Wohnzimmer riesige Joints.

Drei Tage später nahm ich sie mit zum Nachmittagstee in die elegante Hotel-Lobby – mir schwebte vor, dass ich damit sowohl ihnen als auch den dortigen Angestellten eine andere Facette der großen weiten Welt zeigen konnte. Doch beim Anblick der Kerle mit ihren Karottenjeans und breiten Hosenträgern erblasste nicht nur meine Mutter in ihrem Fauteuil, sondern auch sämtliche Kofferträger und Kellner, die an uns vorüberzogen.

»Das war keine gute Idee«, konnte meine Mutter gerade noch hauchen, und dann stand bereits der Rezeptionschef vor uns und legte den jungen Männern nahe, sich umgehend zu entfernen und nie wieder hier blicken zu lassen.

Es ist schwer, erhobenen Hauptes aus einer Lobby zu schreiten, wenn man gerade wie ein Krimineller behandelt wurde; solidarisch ging ich mit meinen neuen Freunden mit. Im Apartment packten sie ihre Sachen zusammen, und ich begleitete sie zu ihrem Auto, wo wir Telefonnummern austauschten und ausmachten, uns bald wiederzusehen.

»Komm uns in Paris besuchen, wann immer du willst«, sagten sie auf Französisch.

»Klar, das mache ich«, log ich, wohl wissend, dass man mir so eine Reise zu Hause nie erlauben würde.

Meine Mutter musste nach meiner Aktion zwei Valium nehmen. Entnervt reisten sie und der Cadillacfahrer am nächsten Tag mit uns Kindern ab.

An meinem achtzehnten Geburtstag kam es mit meiner Mutter zu einer heftigen Auseinandersetzung. Aktueller Aufhänger – abgesehen von insgesamt allem – war, dass ich mir die Haare kurzgeschnitten und violett gefärbt hatte. Wir standen in meinem Mädchenzimmer und schrien uns an. Als sie sich nicht mehr anders zu helfen wusste, zog sie den rechten Stöckelschuh von ihrem Bein. Er war aus schwarzem Lack. Mit dem Schuh als Waffe in der Hand schlug sie auf mich ein. Ich fühlte mich gedemütigt und war gleichzeitig beeindruckt von der dramatischen Qualität ihrer Aktion.

In derselben Nacht packte ich heimlich einen Koffer. Um Mitternacht schlich ich mich aus dem Haus und übernachtete bei einer Freundin. In der Früh ging ich in die Stadt. Ich versetzte ein Weißgoldarmband mit Diamanten, das ich aus dem offenen Safe meiner Mutter geklaut hatte. Danach ging ich mit meinem Koffer zum Bahnhof und nahm den nächsten Zug nach Paris.

Als ich am Gare de l'Est ankam, ging ich zu einer Telefonzelle und rief beim Schlagzeuger der Ska-Band an. Leider wohnte er noch bei seinen Eltern. Zwei Stunden später stand ich im 13. Arrondissement auf einem kleinen Balkon im vorletzten Stock eines heruntergekommenen Wolkenkratzers. Ich betrachtete die Spielzeugwelt unter mir. Ameisen gleich wuselten Menschenströme in alle Richtungen.

Der Mensch ist Geist. Aber was ist Geist? Geist ist das Selbst. Aber was ist das Selbst?

Wieder ein Balkon. Und wieder sprach Kierkegaard mit mir oder ich mit ihm. Personen, die von hier oben so klein wie Stecknadelköpfe waren, eilten aus der Metro-Station heraus oder in sie hinein. Ich hätte auch gerne eine Richtung gehabt, einen Punkt, auf den ich hätte zurasen können. Bis es so weit war, wollte ich mir einen Job suchen und alles, was bisher geschehen war, hinter mir lassen. Mein Entschluss stand fest: Wie Millionen Einwanderer vor mir würde auch ich hier im *Quartier chinois* ein neues Leben beginnen.

Die Eltern des Schlagzeugers waren den ganzen Tag außer Haus. Sein Vater fuhr Taxi, seine Mutter ging putzen. Er selbst nahm mich der Einfachheit halber, wann immer er hinausging, überallhin mit. Überrascht stellte ich fest, dass er nicht nur Musiker war, sondern sich zum Beispiel jetzt im Herbst, nachdem er im Frühjahr sein *baccalauréat* absolviert hatte, arbeitslos melden musste. Ich begleitete ihn auf das zuständige Amt und stellte mich mit ihm einen ganzen Vormittag lang an.

»Du brauchst zuerst einmal eine Arbeitsgenehmigung«, sagte er, während wir uns zentimeterweise in einer Warteschlange voranschoben, »vor allem aber solltest du dir überlegen, was du kannst, um Geld zu verdienen.«

Ich tat so, als würde ich mir diesbezüglich einige Möglichkeiten durch den Kopf gehen lassen; in Wirklichkeit wusste ich es einfach nicht.

Ein paar Wochen später, es war Anfang Dezember, fuhr ich mit der Band in ihrem Auto durch die Pariser Nacht. Erster Frost hatte sich wie eine dünne Kristalldecke über die Stadt gelegt; Straßenlaternen, Gebäude und Asphalt schimmerten im Scheinwerferlicht. Unser Wagen bog von der Avenue de l'Opéra in die Rue Rivoli. Auf dem Gehsteig lagen zwei Obdachlose. Sie waren in Schlafsäcke gewickelt und bewegten sich nicht. Vielleicht schliefen sie, vielleicht hatte die Kälte ihre Gliedmaßen klamm werden lassen. Sie taten mir leid.

»Alors ça, il faut vraiment vouloir ça!«, rief der Schlagzeuger bei ihrem Anblick aus dem Beifahrerfenster.

»Exactement«, pflichteten ihm die anderen bei, »autrement on finit pas comme ça.«

Ich saß hinten auf der Rückbank und grub meine Hände tiefer in den Manteltaschen ein. Würde ich irgendwann die richtigen Weggefährten finden?

Der Frühling ließ den Himmel über den Boulevards wie frisch gewaschen aussehen. In der Hitze des Sommers wurde er durchsichtig. Ich wollte zu einem neuen Menschen mit neuen Chancen werden. Bei meiner Mutter meldete ich mich nicht, auch sonst bei niemandem. Wahrscheinlich ließen sie mich längst über Interpol suchen. Ich half als Tellerwäscherin in einem Bistrot aus und übersetzte für eine Filmfirma Briefe vom Französischen ins Deutsche.

Eines Tages stand ich in einer Tiefgarage hinter der Place de Clichy. Meine Freunde teilten sich hier mit anderen Musikern einen Proberaum. Soeben war ihre Session vorbei. Ich lehnte mit dem Sänger am Kotflügel seines alten Mercedes. Er hatte den linken Ärmel seiner Lederjacke aufgekrempelt und setzte sich einen Schuss Heroin. Ich sah ihm dabei zu.

Um das Leben ganz auszukosten, musste man manchmal einfach etwas anzünden. Als er fertig war, bat ich ihn, bei mir dasselbe zu tun. Er holte eine frisch verpackte Spritze aus seiner Brusttasche und kochte eine zweite Mixtur auf. Ich war überrascht, wie gut er meine Vene traf. In dem Moment, in dem er die Nadel aus meinem Unterarm zog, sackten meine Knie ein, und ich fiel ins Bodenlose.

Ganz hinten in meinem Kopf war ein Knacken zu hören, so als würde jemand eine Tür öffnen, deren Scharniere verzogen waren. Dann setzte Rauschen ein, ein ganzes Bad funkelnder Schwingungen.

The Sun is up, the sky is blue

It's beautiful and so are you

Ich spürte etwas Hartes unter meiner Schädeldecke. Möglicherweise lag ich auf dem Boden der Tiefgarage; es kümmerte mich nicht. Ich gab mich den Wellen in meinem Inneren hin.

Dear Prudence, won't you come out to play?

Jetzt noch nicht.

Plötzlich schwebte das lachende Gesicht von Rainer, meinem Freund aus der Maturaklasse, über mir.

»Weißt du, dass es ein Rauschen gibt, das man niemals abstellen kann?«, sagte ich.

»Sowieso. Diese Töne sind ein Überbleibsel des kosmischen Urknalls.« Sein Gesicht flog weiter.

»Gute Reise noch«, rief ich ihm hinterher.

»Lrk-bjs-dlkeham-prf.« Eine Stelle in meinem Kopf interpretierte seine Laute als etwas wie »Danke, man sieht sich«.

Noch nie war ich so leicht. Mir fiel diese Frau ein, die sich in einem Wiener Club auf Drogen angepinkelt hatte. Sie trug hellblaue Jeans, die nassen Flecken waren nicht zu übersehen. Mir würde das nicht passieren. Weil sich das Innen vollkommen vom Außen abgekoppelt hatte, musste kein Austausch mehr stattfinden.

Das Funkeln befindet sich überall und kommt aus allen Richtungen.

Von irgendwoher, ganz weit weg, waren jetzt Stimmen und eine Autotür zu hören. Möglicherweise legte mich jemand auf die Rückbank in den Wagen hinein. Ob es geschah oder nicht, war letztlich egal. Der Vorgang ging mich in diesem Moment nichts an.

Ich versuchte mich an all das zu erinnern, was zwischen den Zeilen geschehen war. Selten waren es die großen Dinge, die einen zu Fall brachten. Fast immer waren es Kleinigkeiten, die man zuvor übersehen hatte. So kündigte die Zeichnung von der weinenden Nonne, die meine Mutter in der Küche gemacht hatte, die Blutlache auf dem Leintuch im Bett meiner Eltern an. Die durchs Wohnzimmer fliegenden Sessel einen Weihnachtsabend mit drei Japanern in Venedig. Meine erste Begegnung mit Regina das vorzeitige Ende meiner Internatszeit.

Alles zeigt sich von Anfang an.

Wir sehen nur nicht hin.

Später würde ich vielleicht nach Wien fahren und dortbleiben. Ich würde an einem Samstag über den Flohmarkt spazieren. Auf dem Heimweg würde ich vielleicht die Direktorin der Lehr- und Erziehungsanstalt zusammen mit Brühlmayer, meiner ehemaligen Erzieherin, in einem Straßencafé sitzen sehen. Ich würde eine Sonnenbrille tragen und an ihnen vorbeigehen und dabei so tun, als hätte ich sie nicht erkannt. Ich würde wissen, dass sie mir nichts mehr tun konnten. Der Tag würde kommen, an dem ich in Sicherheit war.

Jetzt noch nicht.

Das Auto schien sich in Bewegung gesetzt zu haben. Wie lange war das her? Ich wusste es nicht. Irgendwo musste ein Fenster geöffnet worden sein. Eine warme Brise strich über meine Stirn. Sie hinterließ einen salzigen Geschmack in meinem Mund.

Das Rauschen hatte plötzlich einen Geruch; es duftete nach Steinen, auf die die Sonne schien. Durch meinen Kopf schwebten Fotografien von Wasser und Strand, farbige Bilder mit weißen, gezackten Rändern. Vielleicht hatten mich der Sänger und die anderen ans Meer gebracht. Vielleicht war ich an meinen inneren Ursprung zurückgekehrt. Beides fühlte sich gleich gut an. Beides fühlte sich nach Zuhause an.

Im Licht unter dem strahlenden Himmel war alles möglich.

Emma Forrest

Deine Stimme in meinem Kopf

Roman. Aus dem Englischen von Anne Braun

Deuticke 2013. 224 Seiten

Emma ist jung, schön, talentiert und – wahnsinnig unglücklich. So unglücklich, dass sie sich umbringen will. Zum Glück wird sie rechtzeitig gefunden und lernt in New York den Psychiater Dr. R kennen, zu dem sie großes Vertrauen entwickelt und der ihr Leben rettet. Doch just als sie endlich den vermeintlich richtigen Mann trifft, stirbt Dr. R an Krebs. Und auch ihr »Gypsy Husband«, wie sie den berühmten Schauspieler, mit dem sie zusammen ist, nennt, verlässt sie plötzlich. Jetzt ist es Dr. Rs Stimme in ihrem Kopf, die sie vor dem zerstörerischen Liebeskummer retten muss. Emma Forrests Autobiografie ist eine ernsthafte und überraschend witzige Auseinandersetzung mit den Leidenschaften und Enttäuschungen des Lebens und der Liebe.

»Eine überzeugende und kluge Autorin, die hoffentlich noch eine Unmenge an Romanen schreibt.« Nick Hornby

»Berührend, witzig und sehr authentisch.« Gary Shteyngart

»Eine packende und bestechende Geschichte.« Elizabeth Gilbert

»Unerschrocken ehrlich.« Florence Welch (Florence + the Machine)

»Emma Forrest erzählt, wie es trotz aller inneren Widerstände möglich ist, eine andere Haltung zu sich selbst einzunehmen, und welche Rolle ›Dr. R‹ dabei spielt … Trotz aller Risiken ist es ein forsches Buch geworden, mit angenehm leichter Selbstironie verfasst.«

Anja Hirsch, *Frankfurter Allgemeine Zeitung*

Margarita Kinstner

Mittelstadtrauschen

Roman

Deuticke 2013. 288 Seiten

Als Marie im Café stolpert und einen Kaffee umstößt, lernt sie nicht nur Jakob kennen, sondern setzt damit auch eine Reihe von Geschichten in Gang. Jakob verliebt sich in Marie und trennt sich von seiner Freundin Sonja, die bald darauf jemand anderen trifft: Gery. Er war der beste Freund von Joe – der früher mit Marie zusammen war und sich mit einem spektakulären Sprung in den Donaukanal das Leben genommen hat. Ein mysteriöses Testament taucht auf, das im Prater verlesen werden soll – in Anwesenheit von Gery und Marie. Ein Debüt, eine Liebesgeschichte, märchenhaft und modern zugleich, ein Roman über Einsamkeit, Freundschaft, Sehnsucht und Liebe – in Wien, der »Stadt der Seele«.

»Ein traumhaft schönes Buch, eines der besten in diesem Herbst. Ich war hin und weg. Von der ersten bis zur letzten Seite.« Christine Westermann

»... in Kinstners Sätze kann man sich verlieben.«
Edit Rainsborough, *Wiener Zeitung*